La chasse amoureuse

SONIA NACER

La chasse amoureuse

© 2016, Sonia Nacer

Edition : BoD - Books on Demand
12/14 rond-point des Champs Elysées, 75008 Paris
Impression : Books on Demand GmbH, Norderstedt, Allemagne
ISBN : 9782322131075
Dépôt légal : Novembre 2016

Ma bien-aimée,

Je t'écris lâchement cette lettre pour te dire par écrit ce que je ne peux te dire en face. L'ordre commence à avoir des soupçons sur mes absences. En conséquent, il m'est impossible de te revoir… Je ne peux te faire la promesse de revenir. Ne m'attend pas, continue à vivre, tu mérites d'être heureuse. Ces mots ont été durs à écrire, je ne t'oublierai jamais…

Je t'aime
F.

Prologue

07/04/2016, dans un village de France.

Annabelle Delort se préparait à rentrer chez elle. La journée avait été longue avec beaucoup trop de clients grincheux… heureusement que Benjamin était là, sans lui elle n'aurait jamais fini à temps.

— Merci Ben, je n'aurais pas pu faire la fermeture seule ! dit-elle soupirante en fermant la boutique de lingerie.

Elle y travaillait en tant que vendeuse depuis un an maintenant et elle adorait son travail. Après son BAC elle voulait absolument travailler, il lui avait fallu deux ans de petits boulots pour enfin trouver Le plaisir. C'était une boutique un peu spéciale qui l'avait fait fondre, elle contenait principalement de la lingerie très fine avec quelques accessoires en plus... Un paradis pour elle qui était coquette.

— De rien, tout le plaisir est pour moi Anna…

Benjamin était un gentil garçon, très serviable. Ils travaillaient ensemble depuis six mois maintenant. Depuis le début il avait flashé sur elle, malheureusement pour lui elle ne le voyait que comme un bon ami. Pourtant il avait de bons atouts, grand, blond, les yeux verts plein de filles lui couraient après, mais Annabelle préférait les grands bruns bien foutus...

Ils se firent la bise et chacun regagna sa voiture.

Elle monta dans sa petite voiture jaune, alluma sa station de radio favorite *Funk&Disco* et démarra. Elle traversa son village qu'elle aimait tant. Annabelle passa devant le Café où travaillait son ami Lola Siago, qu'elle connaissait depuis le collège. D'habitude elle s'y arrêtait pour discuter et boire un verre avec son amie, mais là elle était trop épuisée de sa longue et laborieuse journée. Elle continua donc sa route et traversa les rues calmes et apaisantes du village.

Elle gara sa voiture dans l'espace qui lui servait de cour, heureusement qu'elle avait une petite voiture, de toute façon avec une taille d'un mètre cinquante-huit vaut mieux avoir tout en petit ça facilite la vie ! Il était déjà vingt heures, elle se dépêcha de rentrer. Elle traversa son allée qui était remplie de pots de fleurs avec de belles roses rouges, elle les adorait et en prenait grand soin. Sa maison appartenait à Marie, sa grand-mère maternelle, elle lui avait léguée il y a trois ans de cela quand elle perdit la vie… Elle avait des goûts particuliers en matière de décoration, la maison était en bois blanc avec un toit en tuiles noires. La porte d'entrée était une porte ancienne en bois peint en noir avec un heurtoir en forme de lion. L'intérieur était composé d'un hall d'entrée assez grand, avec un porte-manteau et une bibliothèque. Le salon était à droite et la cuisine à gauche, il n'y avait pas de portes mais de grandes ouvertures qui amenaient beaucoup de lumière. Tout était très cosy, elle avait gardé les meubles de Marie en guise de souvenirs.

Annabelle alla dans la cuisine se faire un repas rapide, une poêlée de légumes avec une escalope de poulet. Elle avait une belle cuisine moderne, refaite il y a quelques mois. Elle était composée de tout le matériel nécessaire pour une bonne cuisinière : four, réfrigérateur américain, plaques vitrocéramique, micro-ondes, mixeur etc. Un grand comptoir blanc était au centre de la pièce avec quatre chaises hautes. Une fois son repas englouti, elle alla à l'étage prendre une douche, elle en avait grand besoin après une journée pareille. En sortant de la douche elle se mit de la crème hydratante devant son miroir, elle s'observa quelques instants. Elle était mince avec de belles formes, les cheveux mi-longs bruns et un peu ondulés avec des yeux noisette qui viraient presque à l'orange au soleil. Elle était assez fière de son physique qu'elle avait grandement et durement travaillé pour obtenir ce résultat. Elle adorait courir aussi car ça lui libérait l'esprit. Elle enfila son peignoir et se dirigea vers sa chambre, elle ouvra la porte et se figea. Elle n'était pas seule dans le coin de chambre, il y avait un homme !

— Qui... qui êtes-vous ? réussit-elle à dire en bégayant.

Elle n'eut pas de réponse, juste un rire. Un rire ? Si c'était une blague ça n'était pas drôle du tout. Elle pensa qu'il s'agissait peut-être de son ami Andy, qui était très farceur.

— Andy c'est toi ? pas de réponse.

Elle décida d'allumer la lumière mais elle n'eut guère le temps de faire un pas qu'elle sentit ses pieds décoller du sol. Mais que se passait-il ? Elle était un train de voler ! Elle sentit une pression sur son cou, comme si on l'étranglait. Elle voulut crier mais elle n'y arrivait pas. Décidément, ce n'était pas sa journée ! Et puis sans attendre elle alla s'écraser sur le mur du couloir, près des escaliers après quoi elle les dévala à une vitesse folle.

    Elle perdit connaissance.

Chapitre 1

— Vous avez besoin de moi.

Annabelle n'arrivait pas à ouvrir les yeux elle avait trop mal, bordel mais que s'était-il passé ? Elle entendit Lola élever la voix contre quelqu'un.

— Sors, tu n'es qu'un problème de plus !

Annabelle commença à paniquer, elle essaya de se rappeler ce qu'il s'était passé puis elle entendit un bruit beaucoup trop familier : bip... bip... bip... Elle était à l'hôpital. Elle y avait passé beaucoup de temps avant le décès de sa grand-mère... Elle fit encore un effort et se rappela que ce n'était pas sa meilleure journée de travail et puis, le brouillard. Elle fit un effort monstre pour ouvrir les yeux, elle était trop sonnée mais elle voulait savoir pourquoi Lola était en colère. Contre qui s'énervait-elle ? Elle ouvrit doucement les yeux, elle vit d'abord très flou.

— Ma chérie ! S'écria sa mère qui était à sa droite.

Elle eut juste le temps de tourner la tête pour voir l'homme avec qui Lola se disputait prendre la porte à une vitesse folle. Ou était-ce son cerveau qui lui jouait des mauvais tours ?

— Coucou *Señorita* ! dit Lola en s'approchant du lit d'hôpital. Maintenant c'était sûr que ce n'était pas un mauvais rêve, elle y était pour de vrai.

— Coucou…, réussit-elle à articuler encore trop faible. Que m'est-il arrivé ?

Un silence s'abattit Annabelle distingua maintenant tout le monde, aussi Andy qu'elle n'avait pas remarqué. Elle fut touchée que ses deux meilleurs amis soient là. Elle connut Andy Thomas en même temps que Lola, ils étaient déjà amis avant qu'elle arrive dans le même collège qu'eux. Elle les avait tout de suite appréciés, Andy était originaire de la Réunion, bel homme avec son teint métissé et ses yeux verts, beaucoup de filles étaient passées dans son lit… Lola, elle, était espagnole, brune, un bon mètre soixante-dix avec une belle poitrine qui lui valait beaucoup de succès avec les hommes mais malheureusement pour eux, elle préférait les femmes... Quant à sa mère elle avait les cheveux teints en blond, elle était petite comme sa fille mais avec quelques rondeurs en plus.

Ils étaient bien sympas mais elle s'impatientait, pourquoi ce silence ?

— Tu es tombée des escaliers, mais tu n'as rien de grave ma chérie, commença sa mère, les médecins ont dit que tu vas pouvoir sortir dans peu de temps.

— C'est tout ? Je ne m'en souviens plus... dit-elle perdu. Elle avait l'impression que ce n'était pas tout, ils avaient l'air beaucoup plus paniqués que ce qu'ils voulaient bien lui montrer.

La porte s'ouvrit, un homme en blouse blanche d'une quarantaine d'années entra. C'était le Docteur Fritz. Il connaissait bien notre famille, il venait parfois dîner chez ma mère. Je ne savais pas s'ils étaient juste amis ou amants, peu importait ma mère avait bien le droit d'être heureuse… mon père était parti avant ma naissance donc elle pouvait faire ce qu'elle voulait de sa vie amoureuse.

— Bonjour Annabelle, dit-il avec un joli sourire, comment te sens-tu ? Il s'approcha et commença à lui examiner les yeux.

— Ça peut aller…

La lumière lui éblouit les yeux, elle détourna le regard, un mal de tête atroce apparut. Soudain elle fut plongée dans sa mémoire, elle était comme observatrice. Elle se vit sortir de la salle de bain, ouvrir la porte de sa chambre et puis… plus rien. Mince !

— Tu pourras sortir dans deux jours si tout va bien.

— Merci William d'être venu pour ma fille alors qu'il est si tard…

— Aucun problème Angélique, dit-il en souriant à ma mère et puis il me regarda, si tu as besoin de quoi que ce soit appelle-moi je ne serai pas loin.

— Merci Docteur Fritz.

La fatigue commençait à la submerger, elle s'endormit et sentit ses amis et sa mère quitter la pièce.

•

Annabelle se réveilla quelques heures plus tard, il commençait à faire jour. Une envie pressante surgit. Elle parvint à se lever, mais ses genoux faillirent la lâcher, elle se retint de justesse au lit. Elle avança prudemment jusqu'à la salle de bain. Après son envie soulagée, elle alla se laver les mains. Ses yeux croisèrent le miroir… elle était si pâle et mal en point, ce n'était surement pas une chute qui aurait fait ça ! Et puis elle leva un peu la tête et vit une marque sur son cou, elle sentit d'un coup une pression sur ce dernier, on l'étranglait ! Elle voulut crier mais n'y arrivait pas elle traversa sa chambre en tombant plusieurs fois pour arriver dans le couloir et s'effondra au sol. Elle vit le Docteur Fritz courir vers elle.

— Annabelle ! Il la porta et la déposa sur son lit, que t'arrive-t-il ?!

Elle n'arrivait pas à parler, elle lui montra les marques sur son cou.

— Il n'y a rien Annabelle. Tu fais surement une crise d'angoisse, ce n'est rien je vais te donner un petit calmant.

— Non…, arriva-t-elle à articuler, mon cou… miroir…

Le médecin la regardait avec peine, puis alla chercher un petit miroir.

— Regarde Annabelle il n'y a rien… dit-il d'une voix apaisante.

La jeune fille regarda dans le miroir, mais il n'y avait plus rien. Merde ! elle n'y comprenait plus rien. Le médecin lui injecta un calmant.

— Voilà ça devrait aller mieux, dit-il en souriant, je te le promets.

Annabelle ne faisait que dormir et regarder des programmes futiles à la télévision. Elle essaya de se concentrer, quand elle n'était pas trop fatiguée, pour se souvenir de cette soirée… mais en vain. C'était tellement frustrant ! Et pourquoi avait-elle imaginé les marques sur son cou ? Ça semblait tellement réel… Et la douleur aussi. Elle tourna la tête et vit le petit miroir sur la table de nuit. Elle voulut vérifier une dernière fois. Elle tendit le bras et le mit en face d'elle. Elle émit un petit cri… bordel les marques étaient revenues ! Elle ferma les yeux et essaya de se calmer un moment, puis elle les rouvrit mais elles étaient encore là… Il y avait un très gros problème mais elle était trop fatiguée pour y réfléchir.

Elle se réveilla vers vingt-deux heures, il n'y avait que la lumière de la lune qui éclairait la pièce, embrassant le décor du regard elle vit un homme assis sur une chaise au fond de la pièce, elle se raidit, la mémoire lui revenait, le souvenir d'un homme dans sa chambre. Que lui avait-il fait ? Il était maintenant de nouveau en face d'elle, allait-il la tuer ? La panique lui saisit les entrailles. Elle rassembla ses forces et s'élança vers la porte mais il l'attrapa, la prenant dans ses bras, elle voulut crier mais aucun son ne sortit. Annabelle se débattit dans les bras de son agresseur, avec ses ongles elle planta les mains de l'homme de toute ses pauvres forces, il n'avait pas pour autant lâché prise. Il leva sa main droite et elle se raidit, prête à se faire violenter, mais il lui effleura doucement le cou.

— Calme-toi, je ne vais te faire aucun mal, dit-il d'une voix très douce.

Elle se sentit d'un coup beaucoup plus calme. Elle savoura quand sa main passa plusieurs fois sur son cou. Au lieu d'avoir peur, ça lui procurait un bien fou… elle posa l'arrière de sa tête contre son épaule, elle ne contrôlait plus rien, elle était comme saoule. Elle l'entendit parler à voix basse, mais elle ne comprenait pas un traître mot de ce qu'il lui disait, surement une autre langue. Elle se laissa encore plus aller contre lui sentant maintenant son parfum épicé avec un soupçon de vanille. L'odeur éveilla en elle un désir fou. Elle sentit ses larges pectoraux collés à son dos, il devait être tellement fort… Il s'était arrêté de parler, il était forcément surpris de la réaction d'Annabelle. Et puis plus rien, elle faillit encore une fois tomber par terre, il avait disparu. Elle sentit un courant d'air, la fenêtre était ouverte. Donc elle n'avait pas rêvé… Mais qui était cet homme ? Reprenant de plus en plus conscience elle se parla à elle-même.

— Non mais t'as un gros problème Anna ! Tu te laisses toucher par un homme qui est surement la raison de ta présence ici ! Mon Dieu…

Mais pourquoi il ne lui avait pas fait du mal si c'était lui la cause ? Bizarrement elle se sentit en pleine forme, alla dans la salle de bain et fit face au miroir.

— Et ben ça alors…

Elle n'avait plus aucune marque de fatigue, elle avait repris des couleurs. Elle regarda son cou, il n'y avait plus de marques… Il l'avait guéri ! Non mais c'était impossible la guérison instantanée, ça n'existait pas. Et pourtant elle était bel et bien guérie…

•

Le lendemain Annabelle était déjà réveillée à sept heures du matin, elle avait pris une douche, s'était coiffée, habillée, malheureusement c'était sa mère qui lui avait emmené ses habits. Angélique lui avait pris les choses les plus catholiques de son armoire… Elle mit un t-shirt à manches longues bleu foncé qu'elle n'avait pas mis depuis un bail avec un pantalon noir et des baskets noirs. Sa mère avait du mal à comprendre pourquoi Annabelle s'habillait si sexy, pour dire, sexy pour Angélique c'était quand on voyait le genou… alors quand Annabelle mettait une robe mi-cuisse c'était une catastrophe. Elle comprenait que sa mère soit si protectrice, son père avait profité d'elle et l'avait laissé enceinte… mais Annabelle était prudente, elle prenait la pilule même quand elle n'avait pas de relation. On ne pouvait pas savoir… Elle attendit assise sur le lit, à penser en boucle à ce qu'il s'était passé avec cet inconnu au parfum enivrant. Il fallait qu'elle en parle à quelqu'un, pas sa mère elle allait dramatiser encore plus mais à Lola et Andy pourquoi pas, ils étaient ses amis de longue date et avaient vécu pleins de choses folles ensemble. Elle espérait juste ne pas être prise pour une cinglée…

Sa mère arriva une heure plus tard, elle était très surprise de voir sa fille en si bonne forme, elle lui posa pleins de questions sur son état mais Annabelle lui répondait juste que le Docteur Fritz était aux petits soins pour elle. Arrivée chez elle, sa mère resta moins d'une heure, elle lui prépara un petit déjeuner équilibré, rangea un peu la maison et partit. Sa mère était couturière et avait toujours beaucoup de commandes. Peu de temps après son départ, Lola arriva. Annabelle lui ouvrit.

— *Holà* ma chérie ! dit-elle avec son petit accent trop mignon en lui sautant dans les bras, comment vas-tu ?

— Bien merci, réussit-elle à dire étouffée par l'étreinte de son amie.

Lola s'en rendit compte.

— Oh ! Excuse-moi Anna, elle desserra son étreinte, tu as l'air d'aller tellement mieux…

— Qu'est-ce qu'il y a ? dit Anna en voyant que son amie avait l'air perdue dans ses pensées.

Lola se reprit avec un grand sourire.

— On était tellement inquiet ! Tu me fais entrer ? Il est bientôt midi et tu dois avoir faim, je vais te préparer un bon repas !

— Oui bien sûr, entre Lola.

Annabelle s'écarta pour la laisser passer, puis referma la porte et la suivit. Elle regarda son amie s'affairer en cuisine, elle portait l'une de ses nombreuses chemises sexy, bien moulante, rouge, avec sa magnifique poitrine qui était bien visible et puis un pantalon noir qui lui moulait les fesses à la perfection. Et sa petite touche finale des escarpins noirs. Annabelle et elle se prêtaient toujours les chaussures, une chance qu'elles fissent la même pointure. Ce qui était bien d'avoir une amie sexy c'était que les ringards osaient rarement les approcher et puis comme elle était gay, pas de concurrence ! Annabelle s'assit sur une chaise qui faisait face à Lola.

— Il m'est arrivé des choses bizarres à l'hôpital…

Lola ne se retourna pas, pourtant quand Annabelle disait « choses bizarres », Lola était toujours à l'affut de nouvelles croustillantes. Elle avait un comportement inhabituel.

— T'as couché avec le Doc ? Je savais que tu aimais les vieux !

— Non ! Annabelle s'écria hyper gênée.

— Je déconne *bella* en plus c'est impossible, il va surement être ton beau-père…

— Tu tiens ça d'où ? dit-elle surprise.

— J'ai vu comment le Doc et ta mère se regardaient…

Bon la discussion n'allait pas là où elle le voulait. Elle s'en foutait, sa mère pouvait bien vouloir une relation amoureuse ! Alors pourquoi ça l'énervait ? Peut-être à cause de ce maigre espoir qu'un jour son père reviendra… Elle se maudit de repenser à ça ! Elle décida de changer de sujet.

— Il y avait un homme hier soir dans ma chambre… Je pense que c'est le même homme que j'ai vu avant mon accident, devant le silence de Lola elle continua, le seul hic c'est qu'il m'a soigné hier, je n'ai pas plus voir qui il était mais…

— Ma pauvre ils t'ont donné quoi là-bas, dit-elle en la coupant et en se retournant pour enfin lui faire face, ça ne doit être qu'une hallucination Anna.

Elle n'eut pas le temps de répliquer qu'on toqua à la porte. Lola alla ouvrir, c'était Andy. Il s'élança vers elle.

— Coucou ma puce ! Tu nous as fait peur, dit-il en la prenant dans ses bras, oh mais tu as l'air d'aller beaucoup mieux !

Il jeta un bref coup d'œil à Lola, d'un air inquiet. Mais ça s'était passé tellement rapidement qu'elle n'était pas sûr, d'ailleurs elle n'était plus sûr de rien du tout... de plus Lola ne la croyait pas. Devait-elle en parler à Andy ? Il était préférable que non.

Après avoir mangé, tous les trois se mirent devant la télé. Ils passèrent toute l'après-midi ensemble. Lola ne travaillait pas le Mercredi, quant à Andy il travaillait dans la boîte branchée du coin, donc ils avaient eu la journée pour parler et se détendre. Andy partit vers vingt heures, il avait un rendez-vous, comme d'habitude. D'après lui c'était le coup du siècle, Annabelle et Lola avaient bien ri après cette déclaration, il disait toujours ça…

Elles mangèrent ensemble les restes de ce midi et discutèrent encore jusqu'à ce qu'elles soient épuisées. Après le départ de Lola, elle se sentit bien seule mais elle avait surtout peur… Elle monta rapidement, enfila une nuisette rose et alla se coucher directement.

Chapitre 2

— Une deuxième Margarita pour moi, s'il te plait Ted !

Elle était dans son bar préféré, Lune rouge. Elle l'adorait surtout pour sa décoration farfelue, il y avait des capteurs de rêves de différentes couleurs un peu partout. Le mur était en pierre, des lunes et des étoiles taillées en bois y étaient accrochées. Il n'y avait pas de lumières modernes mais que des bougies, beaucoup, ce qui créait une ambiance assez sexy. Il y avait des tables et chaises en bois mais aussi, dans le fond, des banquettes avec une multitude de coussins noirs et rouges, c'était bien souvent les amoureux un peu trop excités qui y allaient. Derrière le barman il y avait un écriteau avec des signes qu'elle ne connaissait pas avec, sur le côté, des têtes de morts bizarrement pas très effrayantes. Le comptoir était ce qu'il y avait de plus beau, il était en bois massif noir, le dessus couleur argent, on pouvait y voir son reflet. Elle tourna la tête et vit Lola, qui était déjà installée au bar en train de parler à une nouvelle conquête. Elle soupira, elle aurait tellement aimé pouvoir séduire aussi facilement. Elle n'arrivait jamais à parler à un homme dans le but de le draguer, tous ses essais étaient des échecs cuisants.

— Et une Margarita pour la belle Anna ! s'écria le barman.

Dommage qu'il soit beaucoup trop vieux pour elle, c'était le seul homme qui la faisait rire quand elle venait ici. Elle sirotait sa boisson quand elle sentit un courant d'air frais. La porte s'ouvrit. Tout le monde se tut. Un homme comme elle en n'avait jamais vu la regardait... elle. Elle se retourna vers son amie, qui elle aussi le regardait mais avec inquiétude. Tout le monde reprit ce qu'il faisait quand l'homme s'avança vers elle. Il était tellement grand ! C'était un beau brun aux cheveux longs brillants qui lui arrivaient sur les pectoraux, qui étaient bien moulés dans un t-shirt noir. Il portait une veste en cuir marrons ouverte avec un pantalon noir qui lui moulait magistralement le membre... avec des bottes de motards noires, il avait vraiment tout pour lui plaire. Il arriva devant elle, il avait un petit sourire satisfait. Mince ! Elle été en train de le reluquer sans gêne, il allait surement la prendre pour une fille facile, ce qu'elle n'était pas. Annabelle avait eu seulement trois relations sérieuses dans sa vie qui n'avaient pas duré longtemps. Un jour elle en avait marre et s'était lâchée avec un inconnu mais ça s'était tellement mal passé qu'elle avait juré de ne plus recommencer. Le beau brun était encore devant elle, il la scruta avec une intensité qu'elle frissonna malgré elle. De près elle put voir ses yeux d'un bleu si intense et clair, qu'elle faillit s'y perdre…

D'un coup tout le bar se figea, tout devenait flou, elle voulut se lever mais n'y arriva pas, l'homme disparut, elle se tourna vers son amie, elle aussi n'était plus là. Un homme surgit devant elle, il était blond, très grand, il s'approcha d'elle rapidement et se mit à l'étrangler en riant. Elle avait tellement mal ! Il fallait que ça s'arrête maintenant !

•

Annabelle se réveilla en suffoquant, elle s'élança hors de son lit pour aller ouvrir la fenêtre et prendre des bouffées d'air frais. Quelques minutes suffirent pour qu'elle retrouve un rythme cardiaque normal. Elle était totalement désorientée, ça semblait si réel... C'était peut-être un souvenir ? Mais pourquoi ne s'en souvenait-elle pas ? Peut-être une vision d'un futur proche ? Ou simplement un beau rêve érotique qui finissait en cauchemar ? Elle se massa doucement la gorge, c'était encore un peu douloureux. Un rêve n'interférait pas avec la réalité... alors pourquoi avait-elle mal ? Elle se rappela les marques qu'elle avait à l'hôpital et cet homme qui l'avait guérie... Est-ce que ça avait un lien ? Ou bien était-ce le fruit de son imagination ? Elle était perdue !

Annabelle ferma la fenêtre, le froid commençait à la faire frissonner. Elle retourna dans son lit, prit son téléphone portable pour envoyer un message à Lola mais se ravisa, il était quatre heures du matin.

Elle décida de sortir de son lit à sept heures, elle n'avait pas pu fermer l'œil après ce mi-rêve mi-cauchemar. Elle avait passé le reste de la nuit à se poser en boucle les mêmes questions sans réponses… Bizarrement elle était en forme. Elle se leva d'un pas décidé, déterminée à éclaircir tout ça, mais par où commencer ? Elle était sûr que Lola savait quelque chose, son comportement d'hier n'était pas naturel, elle mentait. Et maintenant que ça lui revenait, avec qui parlait Lola avant qu'elle se réveille ? Il y avait un homme, elle en était sûre, mais qui ? Elle n'avait aucun homme dans sa vie, même pas un père. Alors qui était-il ? Et pourquoi ne s'était-il toujours pas montré s'il était venu pour la voir ? Elle ouvrit son armoire et mit à la va-vite un legging maison noir avec un top bordeaux. Elle descendit les escaliers et sentit une bonne odeur de pancakes. Elle avança avec précaution et vit Lola finir de garnir la table. La présence de son amie ne la surprenait guère, elle lui avait refilé le double de sa clef. Comme Lola travaillait tôt, elles mangeaient souvent ensemble avant qu'elle parte. Aujourd'hui elle avait opté pour un pantalon blanc avec une chemise rose.

— Je pensais que tu aurais besoin d'un bon petit-déjeuner ! s'écria Lola, et arrête-moi tes régimes tu es très bien comme ça, tu n'es plus la petite fille potelée du collège ! Je me suis donc permis de t'acheter plein d'extra que tu vas adorer !

— Bonjour Annabelle, comment vas-tu ? Bien, merci Lola de t'inquiéter pour moi et pas de mon programme alimentaire qui, soit dit en passant, n'est pas un régime mais juste des produits équilibrés ! répliqua Annabelle en allant s'assoir, elle prit un pancake dans son assiette, qu'elle enduit de miel.

— Désolé… alors comment vas-tu ? Tu vas mieux, ton esprit te joue encore des tours ?

Sous ses airs calmes, Annabelle sentit sa peur.

— Eh ben, figure toi que j'ai fait un drôle de rêve.

— Quel genre ?

— Le genre érotique qui finit mal…

Lola s'assit pour mieux l'écouter.

— J'adore t'entendre dire des choses cochonnes… raconte !

— T'es cinglée ! rit doucement Annabelle.

Elle reprit son sérieux.

— J'ai rêvé qu'on était toutes les deux au Lune Rouge, il y avait un canon, beau brun aux yeux bleus, il s'approchait de moi et d'un coup il a disparu et un autre homme est apparu. Il m'a étranglé si fort que ça m'a réveillé.

Elle n'eut pas le temps de rajouter qu'à l'hôpital elle avait eu des marques et les mêmes douleurs au cou que Lola se mit à rire.

— Ce n'est rien ma belle juste un mauvais rêve ! dit-elle en se levant pour nettoyer.

— Peut-être bien… je voulais savoir un dernier petit truc ?

— Je t'écoute.

— Avec qui te disputais-tu avant mon réveil à l'hôpital ?

Lola blêmit, elle se retourna vers le lavabo pour commencer la vaisselle.

— Je crois que tu as besoin de sommeil chérie, tu es devenue parano, on ne te cache rien. Crois-moi.

Elle ne la croyait pas. Elle ne comprenait pas pourquoi son amie lui riait au nez comme ça et lui mentait aussi facilement, il y avait un problème, mais ce n'était surement pas Lola, Andy ou sa mère qui étaient complices avec leur regard on-a-un-secret-mais-tu-ne-le-découvriras-jamais qui allaient lui dire. Elle pensa au Docteur Fritz. Il avait surement vu l'homme qui avait énervé Lola. Quand Lola fut partie, elle décida d'aller à l'hôpital.

•

Annabelle s'assit dans la salle d'attente et prit un magazine pour patienter le temps qu'il arrive. C'était un homme très occupé, elle se sentit un peu stupide de venir l'importuner alors que ce n'était peut-être que son imagination…

— Bonjour Annabelle ! s'écria le médecin en sortant de son bureau.

— Bonjour Docteur Fritz, dit-elle en souriant.

— Comment vas-tu ?

— Ça va beaucoup mieux merci Docteur Fritz.

— Appelle-moi William, dit-il en souriant.

— D'accord, dit-elle en lui rendant son sourire.

— Que me vaut ta venue ?

— Je…je voulais savoir si…si, elle bégaya, elle avait peur de s'humilier, il y avait un homme avant… avant mon réveil non ?

— Oui, je m'en souviens, il se mit à réfléchir, il était grand brun les cheveux assez longs, assez impressionnant je dois l'avouer. Tu ne le connais pas ?

— Si si…, elle ne voulait pas lui en dire plus, je voulais juste savoir s'il était venu me voir, elle se sentit honteuse de mentir surtout s'il allait devenir son beau-père.

— En tout cas je peux te dire qu'il avait l'air très inquiet pour toi, dit-il avec un clin d'œil.

— Ah bon ? D'accord… et ben merci à vous, je dois y aller.

Elle s'en alla bouleversée.

Le Plus Beau des combats, réalisé par Boaz Yakin, était son film préféré. Elle s'était allongée en début d'après-midi sur son canapé pour le regarder. Il fallait qu'elle se change les idées mais impossible... Sa meilleure amie lui avait menti délibérément. Cet homme, qui était-il à la fin ? William avait dit qu'il était inquiet, mais pourquoi ? Elle ne le connaissait même pas ! Elle était sûr que c'était l'homme de son rêve, la description était beaucoup trop ressemblante pour que ça ne soit qu'une coïncidence. Et qui était cet homme blond qui l'avait attaqué ? Elle était sûre maintenant que ce n'était pas le beau brun... Sur cette millième pensée elle s'endormit.

Chapitre 3

Cry To Me de Solomon Burke résonnait à fond dans sa chambre. Annabelle dansait comme une folle devant le miroir, en prenant son peigne pour micro.

— *Cry to meeeeeeee !! Oh yeah.*

Elle abandonna son « micro » pour aller prendre une douche. Elle était tellement heureuse ! En sortant de la douche elle mit une robe moulante mi-cuisses super sexy. Elle sécha ses cheveux et mit un spray à base d'huile pour les faire briller, elle se mit du mascara tout en dansant, malheureusement... elle s'en mit partout.

— Arg... Anna, tu fais que des conneries, et ce n'est pas le moment !

Elle répara son erreur en moins de deux, puis appliqua son fameux rouge à lèvres rouge qu'elle ne mettait que pour les grandes occasions. Une petite touche de son parfum fruité et le tour était joué. Elle descendit les marches et mit ses escarpins noirs vertigineux.

— Il faut parfois souffrir pour être au top ! se dit-elle à elle-même avant d'entendre la sonnette retentir.

Son cœur fit plusieurs bonds. Il était là. Elle prit une grande inspiration. Elle s'avança vers la porte mais s'arrêta en repensant aux mots de sa meilleure amie :

— Il est trop parfait pour ne rien cacher ! Tu devrais vraiment refuser ce rendez-vous.

Lola s'était montré presque suppliante, si elle avait été hétéro elle aurait pensé qu'elle le voulait aussi… Mais bon elle en avait marre d'attendre le mec parfait ! Certes, il avait un côté dangereux qu'elle ne pouvait pas négliger mais tant pis ça faisait trop longtemps qu'elle n'avait pas couché avec un homme, encore un peu et son vibromasseur allait disjoncter ! Elle prit son courage à deux mains et ouvrit la porte.

— Bonsoir Annabelle…, murmura-il avec un sourire qui ferait fondre une none.

Il était tellement beau dans son costume deux pièces entièrement noir. Si elle s'écoutait elle lui aurait sauté dessus tout de suite !

— Bonsoir, dit-elle en rougissant.

— Tu es magnifique Anna…, dit-il en se rapprochant d'elle.

Elle put sentir à présent son parfum épicé avec un fond de vanille qui lui titilla le nez… Il s'approcha encore plus, elle n'osa plus bouger… il était tellement hypnotique. Il caressa doucement sa joue avec le dos de sa grande main. À peine l'avait-il touché que tout bascula tout le décor vacilla, tout était devenu noir, l'homme disparut, elle avait tellement peur de revoir celui qui lui avait fait du mal qu'elle ferma les yeux et se répéta :

— Réveille-toi Anna… allez réveille-toi !

Elle entendit un rire, elle le reconnut sans ouvrir les yeux, c'était l'homme aux cheveux blonds, elle n'avait pas envie de souffrir encore, elle dut faire un effort monstre pour garder les yeux fermés. Elle entendit son rire se rapprocher de plus en plus. Elle se concentra de toute ses forces :

— Maintenant !

•

Elle se réveilla en trombe dans son salon, le film qu'elle avait entamé arrivait à sa fin. La sonnette la fit sursauter, elle éteignit la télévision et alla ouvrir.

— Bonjour Annabelle ! Comment vas-tu ? Je commençais à m'inquiéter ça fait quelques jours que je ne te vois plus.

C'était Patrick Cumont, il habitait à quelques maisons d'ici, seul sans famille. Il avait soixante-sept ans, c'était comme un père pour elle, il était toujours à l'écoute, lui donnait toujours pleins de conseils et surtout il ne la jugeait jamais.

— Bonjour Patrick, elle se déplaça pour le laisser entrer, désolée j'ai oublié de te prévenir j'ai eu un petit problème, elle ferma la porte, assis-toi donc dans le salon je t'apporte un café pour tout te raconter ! dit-elle avec un sourire respectueux avant de partir en cuisine.

Elle avait l'habitude de l'accueillir chez elle, ils se connaissaient depuis un bon bout de temps maintenant. Ils passaient parfois toute une après-midi à discuter, il avait eu une vie passionnante et elle était toujours à l'écoute. Elle finit de préparer le café sans sucre de Patrick, puis alla dans le salon. Il avait une certaine élégance, chemise blanche, pantalon gris et il portait toujours son éternel chevalière en or qui avait, au milieu, un gros rubis, elle ne passait pas inaperçue. Il avait les cheveux relativement courts, avec une belle couleur poivre et sel.

— Voilà, dit-elle en déposant le café devant Patrick.

Elle se demanda si elle devait tout lui dire. C'était son ami, et il ne l'avait jamais jugé. Elle avait besoin d'en parler surtout après les révélations du Docteur Fritz et maintenant ce rêve étrange... Elle était désormais certaine grâce à son parfum impossible à oublier, que l'homme de ses rêves existait vraiment. Mais tout était tellement étrange, pourquoi ne revenait-il pas la voir ? Et comme avait-il réussit à la guérir et disparaitre aussi rapidement ? Il y avait trop de questions, il lui fallait de l'aide.

— Que t'est-il arrivée ma petite ?

— J'ai eu un accident, apparemment je suis tombée des escaliers, mais à vrai dire je ne crois pas qu'il y ait eu que ça...

— Que veux-tu dire ?

— J'ai le souvenir d'un homme dans le fond de ma chambre je me souviens plus du reste mais cette homme..., elle prit un instant avant de rajouter, je suis sûr de l'avoir vu dans mes rêves.

C'est comme s'il pouvait rentrer dans mon esprit et semer la zizanie. Je ne sais pas qui il est et pourquoi il me fait ça, enfin si je ne suis pas en train de devenir folle, c'est aussi une possibilité, dit-elle en riant mais Patrick ne riait pas.

— Tu en as parlé à Christopher ? dit-il d'un ton sérieux et impatient.

— Christopher ? Qui est-ce ?

Patrick ne répondit pas. Il la regarda comme si elle venait de dire quelque chose de grave et d'absurde. Une idée lui vient à l'esprit, et si Christopher était le beau brun mystérieux ?

— Patrick ?

Il était en train de réfléchir. Mais à quoi ? Bon sang personne n'allait l'aider ! Elle commençait à s'impatienter mais elle n'avait pas envie de lui manquer de respect. Elle respira calmement et reprit :

— J'ai vu un homme dans mes rêves, un grand brun aux yeux bleus, est-ce que c'est lui Christopher ?

— Ecoute Anna, pour l'instant je considère qu'il est en droit de te dire qui il est lui-même. Je dois y aller j'ai une affaire à régler, dit-il en se levant précipitamment.

— Attends, je ne sais pas même où il se trouve ! Comment pourrait-il me le dire dans ce cas ? demanda-t-elle en le rattrapant devant la porte.

— Il se montrera.

Il partit aussi vite qu'il était venu. Mais elle avait encore plus de questions maintenant !

•

Elle se mit dans son lit à minuit. Elle avait une petite télé dans sa chambre, elle l'alluma sans vraiment regarder, c'était son habitude quand elle n'arrivait pas à dormir. Elle avait tellement envie de le voir, elle pensait que c'était lui qui allait démêler tout ce qu'il s'était passé ces derniers jours. Elle avait tellement peur… que lui arrivait-il ? Pourquoi un homme lui voulait du mal ? Et pourquoi Lola avait-elle chassé Christopher de sa chambre. Le Docteur Fritz lui avait dit qu'il s'était inquiété pour elle… Avait-elle une relation avec lui ? Et donc ses rêves sont-ils des… souvenirs ? Elle commençait à en avoir la migraine, elle éteignit la télé et la lampe de chevet.

•

Annabelle se réveilla un peu déçue, elle n'avait pas fait de rêves. Elle se leva et regarda l'heure, il était à peine six heures du matin. Elle décida d'appeler sa patronne, Claire Volland. Il était Vendredi et ça faisait quand même depuis Lundi qu'elle n'était pas retournée au travail, elle se sentit égoïste de laisser Benjamin et Claire se débrouiller tout seuls alors qu'elle se sentait en pleine forme.

— Annabelle ? Comment vas-tu ? Ta mère nous a dit que tu étais à l'hôpital, ça va mieux j'espère ? demanda sa patronne d'un ton inquiet.

— Bonjour Claire, je vais beaucoup mieux maintenant je voulais vous dire que je reviens dès aujourd'hui !

— C'est une bonne nouvelle, mais tu es sûre que…

— Oui oui, la coupa Annabelle, je serai là à huit heures au lieu de neuf heures, je veux aider.

— En forme et en plus très motivée ! dit-elle en riant doucement, très bien tu as les clefs de toute façon.

— Oui je les ai, alors à toute à l'heure !

— A toute Anna !

Annabelle adorait sa patronne, d'abord car elle était hyper cool et très à l'écoute. Elle s'efforçait toujours d'être attentive à nos conseils et nos points de vue. Une patronne en or se disait Annabelle. Elle se leva d'un bond et entra dans la douche. Elle mit un jean noir moulant avec une chemise blanche, il allait surement faire chaud donc elle ne prit pas de veste. Elle mit ses bottines à talons et sortit.

Sur la route elle s'était arrêtée à une boulangerie pour prendre un petit pain, qu'elle mangea dans la voiture. En conduisant elle esquissa un sourire, elle était de bonne humeur maintenant qu'elle retrouvait son petit train-train habituel. Bien sûr le fameux Christopher persistait à rester dans sa tête. Mais elle préféra allumer sa station préférée à fond, au lieu de se poser mille et une questions !

Arrivée à son lieu de travail, elle ouvrit la grille puis la porte. Elle vit que la boutique n'était pas au mieux et qu'il fallait mieux s'y mettre tout de suite ! Une heure plus tard Benjamin arriva.

— Annabelle ! s'exclama-il surpris, tu as l'air en pleine forme, il s'approcha d'elle pour lui faire la bise, ça fait plaisir de te voir.

— Ça me fait plaisir de te voir aussi, répondit-elle pour être respectueuse mais il se tenait beaucoup trop proche d'elle à son goût, alors sans moi on n'y arrive pas ? dit-elle en s'éloignant pour montrer l'état de la boutique.

— Ça tu peux le dire ! Tu es essentielle à la survie de la boutique, dit-il en la reluquant discrètement pendant qu'elle pliait les nuisettes, alors que t'est-il arrivé ?

— Je suis tombée des escaliers…

— Ma pauvre chérie ! Ça va mieux ? Tu n'as pas de séquelle ?

— Non ça va je me sens en pleine forme, dit-elle en lui souriant gênée qu'il l'appelle chérie, il ne l'avait jamais fait…

— Et sinon les amours ? demanda-t-il avec détachement alors qu'elle savait que ça lui tenait à cœur.

— Personne et toi ? dit-elle mal assurée, elle avait peur qu'il puisse croire à une ouverture.

— Personne ?! Moi non plus, il avait l'air pensif tout à coup puis il se mit à sourire avant d'ajouter, des fois vaut mieux être seul que mal accompagné !

La sonnette de la boutique retentit, c'était Claire. Intérieurement elle était soulagée, ça commençait à devenir gênant. Claire était une femme de cinquante ans toujours très élégante avec son tailleur mauve qu'elle portait souvent, elle adorait cette couleur, elle avait les bracelets qui allaient avec et des escarpins, mais ce n'était jamais trop, elle savait s'habiller. Elle avait les cheveux noirs coiffés en carré avec de belles petites boucles. Elles se firent un câlin et Annabelle lui raconta qu'elle était tombée des escaliers sans en dire plus.

•

Il était midi. Benjamin et Annabelle décidèrent d'aller manger dans le restaurant italien situé à deux rues de la boutique. Elle avait englouti toute son assiette de pattes bolognaises très rapidement sous les applaudissements de Benjamin qui se retenait d'exploser de rire. Ils commandèrent un café, ils avaient une bonne demi-heure avant de retourner au boulot. Benjamin ne s'arrêtait pas de parler. Il lui parlait de tout mais surtout de rien… Elle leva la tête pour regarder autour, il faisait beau, heureusement qu'ils se sont installés en terrasse, sinon elle n'aurait pas pu profiter de la chaleur du soleil sur son visage. Elle ferma les yeux, elle n'entendait même plus Benjamin parler. Puis quand elle les rouvrit, elle le vit.

Christopher. Il était là, à la table la plus éloignée d'elle. Elle se frotta les yeux car elle avait été éblouie par le soleil, c'était peut-être juste une

illusion. Quand elle les rouvrit il était toujours là...
Il était tellement beau, encore plus au soleil. Il avait un T-Shirt blanc qui fit ressortir tous ses muscles et ses cheveux longs étaient un brin mouillé, peut être venait-il de prendre sa douche ? Elle l'imagina en train de se frotter les muscles sous l'eau... Elle essaya de voir plus mais la table cacha tout le reste. Il était en train de la regarder, « Oh mon Dieu » se répéta-t-elle dans sa tête. Patrick lui avait dit qu'il se montrerait. Elle décida qu'elle devait aller à sa rencontre comme il n'avait pas l'air de vouloir venir. Peut-être croyait-il qu'elle était en rendez-vous avec Benjamin ? Il ne voulait sûrement pas les déranger ? Elle se leva d'un bond, déterminée à lui poser toute les questions qui lui trottaient dans la tête ! Mais malheureusement Benjamin lui attrapa le bras, elle s'arrêta net.

— Pourquoi te lèves-tu ? demanda-t-il paniqué.

Sans répondre elle regarda en direction de Christopher mais il n'était plus là.

•

En rentrant du boulot elle était extenuée, elle avait passé le reste de la journée à penser à lui… Elle eut juste le temps d'avaler une salade qu'elle s'endormit.

Chapitre 4

Annabelle ne rêva pas, du moins pas de Christopher.

A son habitude le samedi, comme elle ne travaillait pas, elle allait voir sa mère. Elle se leva à neuf heures et enfila un jean, un débardeur turquoise avec une petite veste noire. Arrivée chez sa mère, elle gara sa voiture dans la cour de devant, en face du garage. En sortant elle prit le temps de regarder son ancienne maison, elle y avait passé de bons moments. Elle regarda l'arbre qui dominait la cour, elle adorait l'escalader mais une fois elle en était tombée et s'était facturé le pied, depuis ce jour elle avait une frousse des hauteurs. Elle traversa l'allée et ouvrit la porte, elle avait encore les clefs et avait l'habitude d'y entrer comme si elle y habitait encore.

— Coucou c'est moi !

Pas de réponse.

Annabelle regarda dans la cuisine, personne. Elle entendit un bruit à l'étage, elle se précipita dans les escaliers, elle avait tellement peur que l'homme qui lui voulait du mal eut pu s'en prendre à sa mère ! Elle arriva devant la porte de sa chambre et n'eut pas le temps d'ouvrir, que M. Fritz le fit pour elle. Il était avec une serviette autour de la taille, elle tourna la tête et vit sa mère en peignoir. C'était une situation très gênante pour tout le monde.

— Je t'attends dans la cuisine maman… dit-elle en faisant demi-tour pour dévaler en quatrième vitesse les escaliers.

Elle se fit un café en attendant sa mère. Elle était contente pour sa mère bien sûr, mais au fond d'elle, elle se sentait irritée. Son père était un lâche qui les avait abandonnées mais elle rêvait secrètement qu'un jour il reviendrait afin de fonder une vraie famille…

— Faut pas rêver, murmura-t-elle.

— Pardon ? questionna sa mère en entrant dans la cuisine, habillée.

— Non rien, dit-elle tristement en remuant sa cuillère dans son café.

— Ecoute Annabelle, je suis désolée que tu l'aies appris comme ça mais tu vois je suis une femme et j'ai des envies…

— C'est bon maman tu n'as pas à te justifier, s'il te plait, coupa-t-elle rapidement car elle n'avait surtout pas envie d'en entendre plus, ne t'inquiète pas… en plus c'est un homme bien et un médecin !

— Merci Anna.

Elle s'approcha de sa fille pour lui faire un câlin.

— Désolée de vous interrompre, dit le Docteur Fritz en rentrant doucement dans la cuisine, je dois y aller j'ai une urgence.

Il fit respectueusement un bisou sur la joue à sa mère et salua Annabelle de la main puis partit.

Elles passèrent le reste de la journée à papoter de tout et de rien.

— Il est déjà vingt heures ! s'écria Annabelle en regardant son téléphone, je vais y aller maman et merci pour le repas, c'était délicieux.

— De rien ma chérie revient quand tu veux mais sonne avant ! Elles se mirent toutes les deux à rire.

— Je n'y manquerai pas !

Annabelle monta dans sa voiture quand son téléphone sonna. C'était Andy :

« Coucou ma belle ! Il faut qu'on se capte, viens ce soir au night-club on va s'éclater un peu ! »

Elle réfléchit, s'amuser lui ferait du bien au lieu de rester à la maison à penser. Elle lui répondit qu'elle y serait pour vingt-trois heures. En rentrant elle prit son temps pour se préparer, elle voulait être séduisante… au cas où il se montrerait. Elle rit à cette pensée :

— C'est ridicule Anna… se dit-elle.

Elle mit une robe bustier moulante bleu nuit qui lui arrivait mi-cuisses avec des escarpins noirs pas trop hauts elle avait envie de danser, pas de souffrir toute la soirée ! Elle prit sa veste en cuir avant de partir, il faisait frisquet dehors.

En quarante minutes elle y était.

— Coucou Brian, dit-elle au videur du night-club.

— Salut Anna !

Ils se firent la bise.

— Tu peux y aller, il ouvrit la porte pour la laisser entrer, y'a Lola qui vient d'arriver, elle t'attend au bar.

— Merci, dit-elle en souriant.

A l'intérieur résonnait *Last Night a D.J. Saved My Life* d'Indeep. Elle adorait ce club. Il passait, selon elle, de bien meilleures musiques que les autres clubs qu'elle avait pu essayer. La piste de danse était déjà bien remplie, elle eut du mal à se créer un passage.

— *Hello beauty* ! s'écria Lola en voyant son amie arriver, tu es à croquer dans cette robe…

— Merci tu es superbe toi aussi ! complimenta Annabelle en retour.

Elles se firent un câlin. Lola était comme à son habitude super canon avec une robe noire en cuir, qui lui arrivée à raz les fesses avec un décolleté ravageur...

— Salut ma chérie ! s'écria Andy en la voyant, désolé j'étais occupé dans la réserve.

— Pas grave je viens d'arriver, dit-elle en lui faisant la bise.

Andy s'installa derrière le bar, il servit ses amies tout en discutant. Annabelle leur raconta qu'elle avait vu le Docteur Fritz à moitié nu chez elle. Ils se mirent à rire.

— Au moins y'en n'a une qui s'éclate ! déclara Lola à l'intention d'Annabelle, tu devrais faire pareil...

— Et le beau Benjamin te court toujours après ? enchaina Andy, tu devrais lui laisser une chance le pauvre... je l'imagine en train de fantasmer sur toi tout seul... dit-il en feignant une mine triste.

— Il n'est pas fait pour moi, j'aime être son amie, commença Annabelle, en plus ça rendrait la vie difficile au travail si on se séparait et j'aime mon boulot, je ne veux pas partir à cause d'idioties.

— Tu marques un point, dit Lola en finissant son verre, un autre Andy ! s'écria-t-elle avant de faire face à Annabelle, regarde autour de toi tous les mecs qui te matent tu devrais t'en faire un, ça te ferait du bien !

Annabelle regarda et vit, effectivement, qu'elle avait du succès. Mais elle avait Christopher dans la tête, impossible d'oublier un homme pareil…

•

Il était minuit passé, Annabelle ne se souvenait plus du nombre de verres que Lola et elle avaient bus, surement beaucoup trop… Elles se précipitèrent sur la piste pour danser sur leur chanson favorite *I Wanna Dance With Somebody* de Whitney Houston. Elles dansèrent comme des folles sans se préoccuper des autres. Quand la chanson fut finie, elle s'apprêta à quitter la piste mais Donna Summer commençait à chanter *Hot Stuff*.

— Allez Anna encore une danse ! s'écria Lola en tirant son amie de nouveau sur la piste.

La musique avait un rythme sexy dont Lola profita pour se déhancher et elle entraina Annabelle à faire pareil. Toutes les deux étaient collées, elles descendirent et remontèrent comme des pro. Annabelle ne s'était jamais autant lâchée, elle était déchainée. Tous les regards étaient pour elle…

Annabelle tourna sur elle-même plusieurs fois, quand dans le flou elle vit un homme plus grand que les autres aux cheveux longs, la regarder. Elle s'arrêta net heureusement que Lola la retint à temps, elle faillit s'étaler au sol. Elle se redressa rapidement elle n'avait pas envie qu'il se volatilise encore une fois. Il était là, près du bar, mais il la regardait plus, il parlait avec quelqu'un.

— Non mais je rêve, dit-elle à voix haute.

Il était en train de parler ou plutôt, de se disputer, vu son expression, avec Andy !

Lola regarda dans la direction d'Annabelle.

— N'y va pas ! s'écria Lola, on devrait rentrer.

Lola lui prit la main pour aller dans la direction inverse mais Annabelle se débattit.

— Lâche-moi ! C'est quoi ton problème ? Il a quoi ce type qui te fait si peur à la fin ?!

Annabelle était en colère, elle retira la main de Lola et traversa la foule qui s'était énormément remplie. Elle eut du mal à respirer, elle commençait à paniquer, de plus l'alcool ne l'aidait pas, elle voyait mal et trébuchait.

Elle vit enfin le bout du tunnel.

Christopher et Andy s'arrêtèrent. Ils la regardèrent tous les deux.

— Et merde ! grommela Andy.

Elle n'arrivait pas à détourner le regard de ses magnifiques yeux bleus. Lui aussi la regardait… intensément. Malheureusement ça n'avait pas duré. Elle se sentit faible, la dernière chose qu'elle eût vit avant de tomber était Christopher et Andy se précipiter vers elle pour la retenir.

•

Annabelle se réveilla en sursaut.

Elle regarda autour d'elle, il faisait noir mais elle réussit à reconnaitre sa chambre. Comment était-elle arrivée ici ? Elle se redressa et balança ses jambes hors du lit. Elle était dans sa nuisette noir. Elle essaya de se rappeler ce qu'il s'était passé, l'alcool ne l'aidait évidemment pas. Elle se souvint, après quelques minutes de concentration, de la soirée.

— Christopher… dit-elle à voix basse, il était là.

Elle était déçue de l'avoir encore raté ! Elle mit sa tête entre ses mains quand elle entendit des voix.

— Non... c'est de sa faute... il ne nous l'a pas dit !

Elle capta des brins de phrase, elle reconnut la voix d'Andy. Elle tourna la tête et vit la fenêtre entrouverte. Elle s'avança lentement pour mieux écouter, elle pencha la tête et aperçut Andy, Lola et Christopher devant sa boite aux lettres à se crier dessus, niveau discrétion il y avait mieux... Elle décida d'aller à leur rencontre et leur faire cracher la vérité. Elle courut assez rapidement sur la pointe des pieds, elle n'avait pas envie qu'il disparaisse à nouveau. Elle ouvrit la porte comme une furie.

— Maintenant vous allez me dire c'est quoi ce bordel ! gronda-t-elle en sortant de chez elle.

— Ecoute, c'est pour ton bien qu'on fait ça, alors rentre tes miches à l'intérieur s'il te plait !!! s'écria Lola.

Malheureusement pour Lola, Annabelle était mille fois plus énervée.

— Ça fait presque une semaine que vous me cachez des choses, que je fais des rêves étranges…

Elle s'était retenue à temps car elle ne voulait pas dire devant Christopher qu'elle rêvait de lui…

— Je vous jure que si je ne comprends pas ce qu'il se passe dans la minute je vais tous vous…, elle prit un instant, faire du mal !

Elle regarda tout le monde, Andy et Lola la regardèrent avec compassion alors que Christopher éclata de rire. Elle en resta bouche bée, elle ne s'y attendait pas… elle était vraiment en colère et lui se moquait d'elle. Il s'arrêta quand il vit que personne ne riait et que tous le fusillaient du regard.

— Je crois bien qu'on te doit la vérité… j'en ai marre de mentir, annonça Lola.

— Pareil… continua Andy, entrons tu vas tomber malade.

Elle se regarda. Mince elle était en nuisette ! Elle regarda Christopher et vit qu'il la reluquait.

Elle rentra vite à l'intérieur mais elle sentit son regard sur ses fesses à moitié dénudées...

•

Annabelle redescendit dans une tenue plus descente, un t-shirt mauve et un short maison noir.

Dans le salon, Lola s'était assise sur le fauteuil en face de la télé. Andy lui, était resté debout, il se tenait au fauteuil de Lola. Et puis Christopher était debout au fond de la pièce à regarder les livres de sa bibliothèque. Ses amis le regardaient avec haine. Annabelle approcha et cassa cette ambiance horriblement lourde.

— Qui es-tu ? demanda-elle en s'asseyant sur le canapé avec son pied droit sous ses fesses.

— Je m'appelle Christopher Roy, dit-il tout en continuant de regarder les livres d'Annabelle, je suis un chasseur d'hybride.

Ils avaient tous une expression dure et sérieuse, mais à quoi jouaient-ils ? Annabelle explosa de rire, l'alcool, l'heure tardive et l'incompréhension totale de la situation avaient fait que ses nerfs avaient lâchés… Elle n'arrivait plus à s'arrêter. Elle décida de se lever pour se chercher un verre d'eau, sa gorge était sèche. Mais à peine sortie du salon, elle se prit les pieds dans le tapis du hall d'entrée. Elle vacilla mais Christopher la rattrapa avant qu'elle ne tombe. Il la porta de ses grands bras musclés, elle était sous le choc.

— Comment as-tu pu arriver aussi vite ? dit-elle en s'accrochant à son cou de peur qu'il la lâche. Il avait la même odeur épicée que dans ses rêves, c'était lui aussi à l'hôpital, elle en était sûre maintenant.

Il alla la déposer sur le canapé avec précaution. Lola partit lui chercher un verre d'eau, qu'elle but d'un seul trait.

— Comment ?

— Je suis un sorcier, ainsi que tes camarades ici présents.

Annabelle fronça les sourcils.

— Mais bien sûr…, Annabelle s'agaça, non mais sérieusement, je veux la vérité maintenant !

Christopher soupira, il se frotta énergiquement les mains et une seconde plus tard une boule de feu apparut. Annabelle écarquilla les yeux au maximum. Le chasseur ferma les mains et la boule de feu disparut.

— Bordel…

Annabelle mit la tête entre ses mains. La magie existait réellement ! Elle en avait toujours rêvé secrètement comme tout le monde en lisant Harry Potter de J. K. Rowling mais de là à y croire vraiment…

— Vous pouvez aussi le faire ? demanda-t-elle à ses amis.

— Oui mais ce n'est pas notre spécialité, commença Andy, pour ma part je suis plus à l'aise avec les sorts de télékinésie.

Il lui fit une petite démonstration. Il leva sa main droite en direction de la bibliothèque et quasi-instantanément un livre traversa le salon pour arriver dans sa main. Elle était impressionnée et elle trouva ça moins flippant que la boule de feu…

— Et moi je suis à l'aise avec ce sort !

Lola claqua simplement des doigts, sa tenue changea. Elle portait maintenant une robe rouge dans le même style, puis verte, bleu, jaune… pour revenir au noir. Annabelle commença à se détendre, ce n'était pas aussi flippant qu'elle le pensait… C'était plutôt cool de pouvoir se changer comme ça. C'était la coquette en elle qui parlait…

— Et qu'est-ce que j'ai à voir dans cette histoire ?

Elle espérait secrètement pouvoir le faire elle aussi…

— Tu es ce qu'on appelle un hybride, commença Lola, tu es le fruit d'un sorcier et d'un humain.

— Le problème est que s'est interdit… continua Andy avec une voix qui trahissait sa peur, ça fait partie de nos lois les plus fondamentales pour préserver notre secret des humains ordinaires.

C'était beaucoup trop d'informations à avaler. Ce n'était pas possible ! Elle nageait en plein cauchemar…

Christopher s'approcha d'Annabelle.

— Et mon rôle, si tu ne l'avais pas encore compris, est de tuer les hybrides, murmura-t-il avec un sourire diabolique à quelques centimètres de son visage.

Annabelle leva la tête, il voulait lui faire peur pour une raison qui lui échappa. S'il voulait la tuer, il l'aurait déjà fait elle en était sûre. Pourquoi jouait-il le méchant ? Dans ses rêves il était beaucoup plus charmant…

Lola se leva pour s'interposer.

— Arrête tu vas lui faire peur ! dit-elle à Christopher avec un regard sévère puis elle se tourna vers Annabelle. Ne t'inquiète pas, il est de notre côté.

— On pensait se passer de lui mais on a besoin de son aide… dit Andy en baissant la tête, il y a un chasseur à ta poursuite, pour l'instant

Christopher a réussi à le tenir éloigné mais j'ai bien peur qu'il soit rusé.

— C'est celui qui m'a envoyé à l'hôpital ? réussit-elle à dire.

— Oui, affirma Christopher, il s'appelle Raphaël je le connais depuis longtemps, donc toutes ses astuces pour chasser une proie. Malheureusement il me connait par cœur aussi.

— Pourquoi tu ne me tues pas ? demanda-t-elle rapidement, cette question la perturbait depuis avant.

Il ne répondit pas tout de suite. Il s'éloigna vers sa bibliothèque puis se tourna vers elle.

— La première fois que je t'ai vue, tu étais dans un bar, commença-t-il, j'ai tout de suite perçu que ton aura était… différente.

— Mon aura ? dit-elle perplexe.

— Tous les sorciers ont une aura différente des humains ordinaires, expliqua Lola, Andy et moi nous nous sommes connus en percevant l'aura de l'autre, quant à la tienne elle nous avait laissée sur le cul.

— Comment ça ?

— Elle est hyper puissante ! s'écria Lola, mais tu n'as aucun pouvoir…on n'a donc décider de pas t'en parler.

— C'est pour ça qu'elle m'a intrigué, dit Christopher d'un ton calme. Je ne t'ai pas tuée car je pensais que tu faisais partie d'une famille importante, donc que j'aurais pu découvrir tes origines et savoir qui est l'homme qui t'a engendré pour le dénoncer mais…

— Mais ? Tu sais qui est mon père ?! Et comment sais-tu que ce n'est pas ma mère la sorcière ?

— En ce qui concerne ton père... impossible de mettre la main sur lui. Pour ta mère, son aura nous révèle tout de suite qu'elle est une simple humaine.

— Ok... Elle est au courant que mon père et moi sommes... différents ?

— Oui.

— D'accord...

Annabelle se sentit très mal, elle était une créature mi-homme mi-sorcière... Elle était une abomination d'après leur dire...

— Pourquoi suis-je encore en vie ? Vous êtes tous censés me détester non ? dit-elle alors qu'elle était sur le point de pleurer.

— Non ma chérie, jamais des lois datant de la préhistoire ne pourraient m'obliger te détester, rassura Lola qui prît Annabelle dans ses bras.

— Nous allons trouver une solution, conclut Andy en s'approchant, tu as ma parole.

# Chapitre 5

Annabelle passa toute la matinée à dormir.

Elle se réveilla en sursaut.

— Mince le travail !

Et puis elle se rappela que c'était dimanche. Elle se leva quand même, il était midi passé et elle avait besoin d'un bon café après la soirée qu'elle venait de passer... Même si elle avait eu les réponses à ses questions, une l'agaçait particulièrement. Christopher lui avait dit qu'elle était encore en vie uniquement parce qu'il cherchait son père, mais pourtant ses souvenirs avec lui montraient un homme qui avait envie de la séduire. Peut-être s'était-elle fait des idées ? Et que son attitude dans ses souvenirs était calculée pour lui soutirer des informations ?

— Ça me semble logique... se dit-elle déçue, son attitude hier m'a montré que ce n'était probablement qu'une mise en scène...

Ses amis étaient restés auprès d'elle jusqu'au lever du jour, quant à Christopher, il était parti en disant qu'il n'aimait pas les mélodrames. Lola l'avait rassurée en disant qu'il était con mais qu'il allait quand même la protéger.

— Je n'ai pas besoin de lui de toute façon ! avait-elle ajouté pour se rassurer.

Après son départ, Lola avait expliqué à Annabelle pourquoi ils avaient décidé de lui effacer sa mémoire. La raison n'était pas très cohérente. Pour la protéger lui paraissait un peu gros, mais elle était trop fatiguée pour chercher plus loin, elle leur redemanderait.

Andy lui avait avoué que Lola et lui n'étaient pas très doués pour la magie mémorielle… c'était donc pour ça qu'elle avait des souvenirs qui lui revenaient en rêve. Andy avait ajouté qu'ils avaient merdé en oubliant d'effacer la mémoire de Patrick, Christopher leur avait dit seulement hier qu'il le connaissait. Et bien sûr le Docteur Fritz qui l'avait vu malencontreusement. Lola lui avait affirmé qu'elle n'avait rencontré Christopher au bar qu'une semaine avant, ce qui avait rassuré Annabelle.

Elle sortit de sa rêverie quand elle entendit sonner.

— Pourvu que ce ne soit pas Lola ou Andy, dit-elle en enfilant son peignoir, ou pire le chasseur.

Elle n'avait pas envie de les voir tout de suite, elle était encore sous le choc et déçue de tous ces mensonges, même si elle les comprenait un peu…

— Bonjour Patrick, marmonna-t-elle avec un sourire poli.

— Oh ! Tu as une petite mine…

Comme elle se contenta de sourire il continua.

— Christopher m'a dit que tu étais au courant maintenant, annonça-t-il avec un grand sourire.

— Au courant de quoi ? dit-elle perplexe.

— De l'existence des sorciers voyons !

— Comment... Comment le sais-tu ? dit-elle en bégayant.

— J'en suis moi-même un, dit-il avec un sourire satisfait.

Décidément son aura les attirait tous...

— Tu ne me fais pas entrer ? dit-il en penchant la tête sur le côté, ça fait un bail que je voulais t'en parler gamine !

Il ne m'appelle jamais comme ça. Tout allait, décidément, de surprise en surprise.

— Désolé, je t'en prie entre, dit-elle en se décalant.

Une fois le café servit, ils discutèrent du monde des sorciers. Il lui expliqua pourquoi ils ne pouvaient pas révéler leur existence.

— Nous serions étudiés, pris pour cibles... A l'époque un sorcier nommé Bill avait montré ses pouvoirs à une humaine qu'il aimait profondément mais malheureusement elle le traita de monstre et courut le dénoncer à l'inquisition. Après ça il y a eu une chasse aux sorciers, mais heureusement, un de nos fondateurs a réussi à persuader les humains qu'il s'agissait que d'une immense duperie.

— Je comprends mieux, mais pourquoi tuer à tout prix les hybrides ?

— Sans vouloir te vexer, les hybrides sont toujours laissés à leur sort... Les sorciers ont bien trop peur pour s'occuper d'un bébé interdit. Les hybrides peuvent découvrir, sans le faire exprès, qu'ils ont des pouvoirs et s'en servir contre des humains ou être vus, ils sont imprévisibles donc dangereux.

— Mais si vous leur appreniez ? Ils seraient sorciers et suivraient vos règles non ?

— Je suis bien d'accord mais, L'ordre est... pour ainsi dire... arriéré.

— Et il n'y a vraiment aucun moyen de ne pas être pourchassée à vie par des chasseurs ? Et en fait, comment se fait-il qu'ils ne m'aient trouvée que maintenant ?

— Il y a surement un moyen. Tu en parleras avec Christopher. Il s'y connait mieux que moi..., dit-il avec un sourire poli, et puis les chasseurs ne te connaissent que maintenant car l'aura d'un enfant et d'un adolescent est beaucoup trop faible.

— D'accord...

Elle était donc obligée de le revoir ? Elle était tellement déçue de n'avoir servie que pour ses intérêts... Il ne voulait que savoir qui était son père.

— Christopher est un homme bon, dit-il comme s'il avait deviné ses pensées.

— C'est un tueur... En plus il est énervant !

Patrick rit doucement.

— Comment l'as-tu connu ? dit-elle soudainement.

— Entre sorciers, le monde est petit.

•

Annabelle fit une petite sieste après le départ de Patrick. Elle était encore sous le choc de toutes ces informations. Maintenant elle savait pourquoi son père les avait abandonnées... Elle ne savait plus quoi penser.

La sonnette retentit, elle enfila son legging maison et un débardeur et descendit.

— On ne peut pas me laisser tranquille à la fin… murmura-t-elle en descendant les escaliers.

C'était Benjamin.

— Coucou Anna ! dit-il tout sourire, je ne te dérange pas j'espère ?

— Non bien sur entre, dit-elle en le laissant entrer, tu veux un café ?

— Avec plaisir Anna…

Benjamin resta plus longtemps que prévu. À son grand bonheur il n'avait rien tenté. Il avala le plat qu'Annabelle avait préparé en un éclair.

— Ce sont les meilleurs tacos que j'ai mangés !

— Merci, contente que ça t'ait plu Ben !

— Il fait déjà nuit, je ne vais pas te déranger plus longtemps.

— D'accord, on se voit demain au boulot ?

— Oui !

Anna l'accompagna jusqu'à la boîte aux lettres.

— Rentre bien !

Elle n'eut pas le temps de faire demi-tour, que Benjamin lui fit un bisou beaucoup trop près de la bouche.

— A demain, dit-il avec un clin d'œil.

•

Christopher était là, sur le trottoir d'en face.

Il était habillé tout en noir, de loin elle pouvait voir un blouson en cuir, il était drôlement sexy pour un tueur…

En un clin d'œil il était devant elle, si près qu'elle sentit son parfum… tellement brut tout comme lui. Elle se ressaisit en se disant qu'il l'avait manipulée et puis c'était un tueur ! Certes physiquement il était tout ce qu'elle aimait mais sa personnalité laissait à désirer.

— Il t'a embrassée ? demanda le chasseur sans la quitter des yeux.

— Non... non, dit-elle intimidée.

Mais pourquoi se justifiait-elle ? Elle lui ne devait rien !

— Et puis ça ne te regarde pas ! s'indigna-t-elle, tu n'es là que pour me protéger et tu n'es surtout pas mon petit ami pour me poser ce genre de questions !

Il eut un regard dur puis il s'adoucit.

— Dommage pour toi trésor, dit-il avec un clin d'œil, elles en rêvent toutes...

Mais pour il se prenait-il ? Quelle arrogance !

— Jamais je ne sortirai avec un tueur et un Don Juan, sans façon !

Il fit semblant d'être vexé en se touchant le cœur puis se volatilisa. Mince ! Elle ne s'y habituerait jamais… Elle entendit un bruit dans la cuisine, elle accourut. Elle vit le chasseur en train de fouiller dans ses placards.

— Mais qu'est-ce que tu fais ? s'interrogea-t-elle en croisant les bras pour montrer son agacement.

Il ne la regarda pas, il continua à fouiller puis finalement s'arrêta.

— Où as-tu mis le gros sel ?

Annabelle, étonnée de sa requête alla quand même lui chercher. Elle lui tendit.

— Tu comptes me faire un repas ? Si tel est le cas, sache que j'ai déjà mangé.

Il lui sourit puis sans répondre, il alla dans le coin de la cuisine pour y déposer un peu de sel en murmurant des paroles incompréhensibles. Elle avait déjà entendu ce dialecte à l'hôpital. Etait-il en train de jeter un sort ?

— Hey ! Tu fais quoi là ?! dit-elle énervée par son indifférence.

Elle avança vers lui à toute vitesse mais il avait déjà fini, il se retourna et elle n'eut pas le temps de s'arrêter, elle se heurta contre son torse. Elle rougit.

— Je te protège trésor, c'est un sort de protection que je dois faire dans les quatre coins de ta maison si tu ne veux pas qu'un chasseur puisse entrer chez toi sans y être invité.

— Tu peux faire ça ? Mais tu es aussi un chasseur…

— Oui mais c'est moi qui ai lancé le sort.

Elle se sentit bête.

— D'accord…

Il prit soudainement un air sérieux.

— Un problème ?

— Chut.

S'il croyait qu'il pouvait la commander… il se trompait ! Elle n'allait pas se laisser faire. Elle s'apprêtait à lui répondre quand il lui sauta dessus à la vitesse de la lumière. La fenêtre de la cuisine se brisa, un homme entra. Il sauta droit sur Christopher qui s'était déjà relevé. Les deux hommes se battirent. Annabelle s'éloigna le plus possible d'eux. Christopher se prit un verre sur la tête qui le sonna mais il continua à se battre. Annabelle était en panique totale ! Heureusement que Christopher était là sinon elle serait surement déjà morte ! Il poussa violemment Christopher qui atterrit dans le hall d'entrée. L'homme se tourna vers Annabelle. Merde ! Il avança vers elle, lui prit les cheveux pour la relever mais il n'eut pas le temps de faire plus que ça, Christopher planta le plus gros de ses couteaux de cuisine dans le dos du chasseur. Il cria puis se retourna vers Christopher. Mais comment pouvait-il encore tenir debout ?! Christopher étrangla l'homme en récitant un sort. Toutes les veines de l'homme étaient devenues noires, il résista encore quelques minutes avant de s'effondrer et disparaître. Littéralement. Son corps n'était plus là.

— Où est-il passé ?

— J'ai pratiqué sur lui un sort puissant qui ne laisse aucune trace.

— C'était un chasseur ?

— Oui.

Annabelle était encore sous le choc, elle se leva doucement. Elle venait de voir un homme mourir devant elle…

Christopher remarqua sa détresse.

— Tu comprends que si je ne l'avais pas éliminé, il t'aurait…

— Je sais, le coupa-t-elle.

Christopher avança vers elle pour l'enlacer. Elle se laissa faire. Elle se sentit tellement bien dans ses bras, comme si un grand frisson de bonheur la pénétrait. Il lui avait sauvé la vie, elle essaya de se concentrer sur cette idée au lieu de penser qu'il avait tué quelqu'un. Au bout de quelques minutes Annabelle avait retrouvé son calme. Elle s'éloigna gênée. Elle avança, prudemment pour esquiver les bouts de verres, vers la fenêtre.

— Comment je vais réparer ça...

— Si tu me le demande gentiment je te le fais gratuitement.

Elle se retourna vers lui, il était en train de sourire. Quel sourire !

— S'il te plait..., dit-elle en penchant la tête.

Il montra du doigt sa joue, elle comprit qu'il attendait un bisou. Elle leva les yeux en l'air, il était trop dominateur ! Elle s'avança doucement, se mit sur la pointe des pieds pour lui planter un bisou rapide. Elle s'éloigna rapidement, son odeur était trop enivrante. Elle se retourna et constata que tout était redevenu normal.

— Merci...

Il lui fit un clin d'œil, prit le gros sel et se volatilisa, il allait surement finir son sort, pas la peine de le suivre. Elle ouvra le frigo pour se prendre un yaourt. A peine elle eut le temps de s'installer qu'il réapparut. Cette fois-ci elle faillit tomber.

— Bordel ! Peux-tu arrêter d'arriver comme ça ? C'est vraiment flippant !

Il sourit de toutes ses dents. Il avait une dentition parfaite… toute femme aurait eu envie d'y mettre… elle arrêta sa pensée perverse, ce n'était pas le moment. Sans le voir venir il s'assit près d'elle, lui prit sa cuillère et commença à manger son yaourt. Elle en resta bouche bée. Il est vraiment insupportable et en même temps elle n'arrivait même pas à bouger à cause de la proximité de leur corps. Il fallait qu'il parte car ses hormones commençaient à disjoncter.

— Tu as envie de sexe trésor ?

— Non mais ça ne va pas ! dit-elle en se levant, sors de chez moi !

Il se leva à son tour pour s'approcher d'elle d'une façon féline. Elle recula jusqu'au plan de travail, elle avait des frissons dans tout le corps.

— Je le sens Anna... tout ton corps aspire au sexe, murmura-t-il.

Elle n'osa pas parler, ni bouger. Pourquoi cet homme l'attirait autant ? Elle commença à repenser aux souvenirs qu'elle avait vus, peut être avaient-ils déjà couché ensemble ?! Et non pas juste dîner... Pourquoi n'y avait-elle pas pensé plus tôt ? Elle prit son courage à deux mains.

— Est-ce qu'on a... déjà...

Sans la laisser finir, il se pencha pour l'embrasser doucement puis intensément. Elle en oublia sa question. Elle était comme paralysée. Il lui empoigna les cheveux pour lui faire basculer la tête en arrière, leurs regards se croisèrent.

— Embrasse-moi, dit-il avec un ton dur.

C'était un ordre.

Il reprit sa bouche et cette fois-ci elle se laissa aller. Elle ne se contrôlait plus. Elle mit ses bras autour de son cou pendant qu'il passait ses mains sur son dos jusqu'à descendre sur ses fesses, il les empoigna avec force ce qui la fit gémir instantanément, il savait exactement où la toucher pour la rendre folle… Elle lui enleva son blouson, il avait un t-shirt moulant noir. Elle toucha ses muscles à travers le tissu puis le regarda, il avait un regard brûlant de désir qui la fit fondre. Il la souleva pour la déposer sur le plan de travail. Il lui enleva son débardeur ainsi que son soutien-gorge à une vitesse folle puis il mit un de ses tétons dans sa bouche. Elle gémit de plaisir, elle adorait ça… Il savait y faire avec les femmes, surement en raison de ses nombreuses conquêtes… Elle était surement une parmi tant d'autres, ce n'était pas ce qu'elle désirait. Elle voulait simplement avoir une relation sérieuse et ne pas se faire prendre puis délaisser comme une vieille chaussette. Cette pensée la refroidit instantanément, elle le repoussa.

— Désolée… je… ça ne va pas être possible…, dit-elle en se rhabillant.

Il n'avait pas bougé, il regardait le sol en essayant de se calmer, sa respiration redevenue normale au bout de quelques longues secondes. Il se pencha pour enfiler son blouson sans un mot.

— Je ne couche pas avec le premier venu…

— Comme tu voudras, on se voit demain après ton boulot, on doit aller voir quelqu'un. Bonne nuit, fais de beaux rêves…

Cette fois-ci il prit la porte.

Chapitre 6

En arrivant au boulot Annabelle était encore perdue dans ses pensées, elle s'était réveillée frustrée et en colère de s'être laissée aller comme ça.

La matinée fut longue. Benjamin était extrêmement lourd, il la suivait partout sans une minute de répit. Elle voulait tellement lui dire qu'il ne l'intéressait pas le moins du monde mais elle n'eut pas le courage.

— Anna ? interrogea Benjamin en voyant sa mine pensive.

— Mumm ? dit-elle en pliant les habilles.

— Tu vas bien ? Tu as l'air ailleurs.

— Ça va, dit-elle en souriant, ne t'inquiète pas.

Il s'approcha d'elle.

— Tends ta main.

Elle fronça les sourcils. Il sortit un petit bracelet simple en argent avec un petit cœur en diamant au milieu. Elle n'eut pas le temps de dire non qu'elle l'avait déjà au poignet.

— Euh… je…

— C'est un cadeau, d'accord ? Pour notre amitié.

— D'accord, dit-elle gênée, merci…

A midi elle réussit à l'esquiver en allant manger avec sa mère. Elle avait besoin de la voir pour parler de ce qu'elle avait appris. Elles allèrent dans un restaurant chinois. Elles discutèrent longtemps de la magie jusqu'à venir au sujet de son père, Annabelle voulait tout savoir.

— J'ai su que Franck était un sorcier un an après notre première rencontre. Il m'a fait jurer de garder le secret… Le jour où il a disparu j'ai vu une lettre sur mon lit qui disait qu'il devait partir. Elle s'arrêta un moment puis reprit, L'ordre allait surement nous trouver, le seul moyen était qu'on se sépare mais…

— Mais il ne savait pas que tu étais enceinte... c'est ça ?

— Oui...

Annabelle eut une colère soudaine contre L'ordre. C'était lui qui avait détruit sa famille, pas son père !

— Il y a quelque chose que tu ne sais pas, ajouta sa mère.

— Je t'écoute.

— Ton père est resté à nos côtés dans l'ombre... Il m'envoyait de l'argent ainsi que des petits mots souvent accompagnés de fleurs.

Annabelle était bouche bée, elle n'arrivait pas à y croire.

— Tu m'as caché ça…

— Si je te l'avais dit pour ça, j'aurais été obligée de tout te dire ! s'écria-t-elle, je suis désolée ma chérie, je comprends ta déception mais comprends moi…

Sa mère avait raison, ce n'était surement pas sa faute, elle et son père étaient des victimes de L'ordre… Elle prit la parole calmement.

— Il sait que j'existe alors ?

— Il l'a appris peu après oui, dit-elle avec un sourire triste, il t'avait acheté plein de vêtements pour bébé, il avait de très mauvais goût !

Elles rirent toutes les deux.

— Il t'envoie toujours des choses ?

— Non, je suppose qu'il a compris que j'ai besoin d'avoir une vie normale, avec un homme à mes côtés…

— Tu as le droit au bonheur maman, je ne te juge pas, dit-elle en lui prenant la main.

— Merci ma chérie.

•

Elle finit le boulot une heure plus tôt. Maintenant que Claire avait engagé deux stagiaires, son temps de travail allait s'alléger. Arrivée chez elle, elle regarda autour d'elle si Christopher ne l'espionnait pas.

— Tant mieux, dit-elle en ne voyant personne.

En rentant elle avait encore plein d'énergie, elle rangea donc la maison. En faisant la vaisselle, elle se rappela du moment sexy qu'elle avait eu avec Christopher... Elle commençait à regretter de l'avoir arrêté.

— Non ne regrette pas ! C'est un tueur Anna ! se persuada-t-elle.

Mince ! Il avait dit qu'ils devaient aller voir quelqu'un après mon boulot ! Mais qui ? Elle commença à stresser. Elle n'avait pas envie de le revoir après ce qu'il s'était passé hier soir...

Son téléphone vibra.

Elle reçut un message de Christopher ! Comment était-ce possible ?

— Je suis bête parfois, on a diné ensemble, je lui ai surement donné à ce moment-là, se dit-elle.

Elle ouvrit le message.

« Habille-toi sexy, j'arrive à 23heures. »

Il était sérieux ?! Pourquoi sexy ? Et pourquoi si tard ? Elle travaillait le lendemain. De toute façon elle n'avait surement pas le choix…

Elle passa le temps en mangeant devant *Inglourious Basterds* de Quentin Tarantino, son réalisateur préféré. Puis alla prendre une bonne douche, elle se sécha les cheveux et se maquilla. Elle ouvrit son armoire.

— Même pas en rêve je m'habillerai sexy !

Elle décida de mettre un slim noir avec un débardeur rouge à dentelles. Elle rajoutera la petite veste en cuir avec ses bottines noires. Elle se félicita de ne pas l'avoir écouté ! Avec son ton dominateur il pensait qu'elle allait obéir et ben non !

Il arriva à vingt-trois heures pile.

— Eh bien tu es ponctuel, dit-elle en ouvrant la porte, où va-t-on ?

Il portait un long manteau, un haut serré, un pantalon assez moulant et des bottes. Tout était noir pour ne pas changer…

— Bonsoir trésor, dit-il en la détaillant de la tête au pied, tu es sexy… j'adore.

Sexy ? Mince elle avait pourtant pris des vêtements simples ! Il allait penser qu'elle lui obéissait !

— Je ne viens pas avec toi si tu me dis pas où nous allons ?!

— Dans une boite de nuit de sorciers, j'ai un contact qui pourra nous dire s'il y a une solution à ton problème.

— Mon problème ? C'est vous les fous qui voulez me tuer ! Je n'ai rien fait de mal.

— Tu viens avec moi, oui ou non ?

Elle ferma la porte derrière elle.

— Où est ta voiture ? J'ai plus assez d'essence dans la mienne.

— Je n'ai pas besoin de voiture, dit-il en s'approchant d'elle, sers-moi fort dans tes bras.

— On va se volatiliser ? C'est hors de question !

— Ça ne fait pas mal, fais-moi confiance.

Elle obéit encore une fois ! Il était vraiment insupportable. Elle s'approcha doucement puis plaça ses bras autour de sa taille.

— Serre fort.

•

Ils arrivèrent dans une ruelle sombre. Elle avait les yeux fermés, elle les ouvrit doucement, Christopher la regardait.

— Tu vois ça ne fait pas mal...

— C'était même agréable, j'avais l'impression de descendre des montagnes russes, dit-elle toute contente.

Il lui sourit. Elle avait encore les bras autour de sa taille, elle les enleva rapidement, gênée.

— A l'intérieur reste près de moi, d'accord ?

— D'accord, dit-elle en essayant de cacher sa peur.

Il n'y aura que des sorciers, il y avait de quoi avoir peur... Le videur salua respectueusement Christopher et les laissa entrer sans encombre. L'intérieur était sombre, ils traversèrent un long couloir. Elle n'y voyait pas grand-chose et préféra suivre Christopher de près, sauf qu'il s'arrêta net... elle s'heurta à lui de plein fouet.

— Aie !

— Petite trouillarde, se moqua-t-il.

— T'as vu où tu m'emmènes aussi ?!

— Allez suis-moi, dit-il en reprenant son sérieux.

Ils arrivèrent enfin dans une grande pièce aux murs noirs avec une grande piste de dance au milieu. Il y avait tout autour des canapés rouges en forme de bouche et des cages avec des danseuses dedans. Où l'avait-il emmenée... ? Il y avait un sacré monde en plus ! Ils traversèrent la foule rapidement, tout le monde les laissa passer par peur du chasseur surement... Il avait le droit à des salutations quant à elle, elle était regardée avec curiosité.

— Pourquoi me regardent-ils comme ça ? Ils savent que je suis un hybride ?! chuchota-t-elle effrayée.

— Non ne t'inquiète pas, c'est juste que ton aura est plus puissante que la leur. Ils sont curieux.

— D'accord...

— Et aussi que tu te promènes avec l'un des chasseurs les plus puissants au monde trésor, ajouta-t-il avec un clin d'œil.

Elle lui adressa un sourire sarcastique puis ils continuèrent à marcher en direction du bar. Un homme s'avança vers eux. Il était grand, sa peau était foncée, il portait un costume gris à paillettes... on ne pouvait pas le rater.

— Christopher ! ça faisait longtemps que tu ne nous avais pas honoré de ta présence, dit-il en serrant la main du chasseur.

De plus près Annabelle put remarquer qu'il avait un œil blanc et l'autre était noir...

— Qui est la ravissante créature qui t'accompagne ? s'interrogea l'homme.

— Je te présente Annabelle, dit-il en la prenant par la taille, Annabelle voici le patron de cette boîte, Marcus.

— Enchanté, dit Marcus en se penchant pour baiser sa main.

— Enchantée…, dit-elle gênée.

— Tiens mon chasseur préféré est là, coupa une voix féminine derrière eux.

Ils se retournèrent. C'était une femme qui avait à peu près le même âge qu'Annabelle. Ses cheveux étaient violets attachés en queue de cheval et lui arrivaient à la taille. Son maquillage était exagéré… elle avait la bouche peinte en noir. Ses talons étaient démesurés, une robe noire trop provoquante pour Annabelle. Cette dernière la regarda avait un air méfiant, son instinct était en alerte.

— Selena quelle surprise…

Christopher et Selena se firent une accolade et Selena était bien décidée à faire durer le moment…

— Ça fait super longtemps Chris… tu m'as manqué, dit-elle avec une petite moue pendant que son doigt se baladait sur le torse du chasseur.

Elle le faisait exprès la garce. Christopher regarda Annabelle, il sourit en voyant la tête qu'elle faisait.

— Désolé mais je dois parler à Marcus en privé, on se voit une prochaine fois ! dit-il pour se débarrasser d'elle.

— D'accord, dit-elle en lui faisant un clin d'œil, je t'appellerai…

Annabelle la regarda méchamment, pour qui se prenait-elle ? Christopher et elle suivirent Marcus dans son bureau.

●

Le bureau reflétait la cupidité de Marcus.

A l'entrée il y avait des canapés de couleur argent, sa table basse était en or ! Le pire était son bureau au fond de la pièce… il était énorme, les pieds étaient en or et la surface en bois, il y avait aussi des gravures d'anges un peu partout, c'était assez surprenant.

Ils prirent place sur les canapés, Annabelle s'assit à coté de Christopher, c'était plus rassurant.

— Alors mon brave, que veux-tu que je fasse pour toi ? demanda Marcus en allumant un gros cigare.

— J'aurai d'abord besoin de signer un pacte de confidentialité avec toi.

— A ce point ! s'exclama Marcus.

Christopher le fixa sans répondre avec un sérieux qu'elle n'avait encore jamais vu.

— J'accepte à une condition.

— Laquelle ?

— Gabriel.

Christopher souffla. Il resta plusieurs secondes à réfléchir.

— Marché conclu.

Annabelle comprit qu'il s'agissait d'un contrat d'assassinat… Ils se levèrent pour se serrer la main mais au lieu de se lâcher tous les deux commencèrent à parler dans la langue des sorciers. Il y avait des lueurs étranges qui tournaient autour d'eux. Annabelle était pétrifiée, ou émerveillée elle ne savait pas trop, c'était magnifique.

— Bien, dit Marcus quand ils eurent fini, maintenant que le pacte est signé, que veux-tu que je fasse ?

— Dis-moi comment rendre un hybride entièrement sorcier ?

Marcus faillit manquer le canapé en s'asseyant. Il regarda Annabelle avec des gros yeux.

— C'est impossible, dit-il encore en la fixant.

Annabelle ne savait plus où se mettre.

— A moins qu'elle…, ajouta Marcus, qu'elle n'ait été engendrée par quelqu'un de L'ordre lui-même !

— C'est possible, affirma Christopher, mais j'opterai plus vers le haut conseil, L'ordre est infaillible.

— Le haut conseil ? demanda Annabelle.

— Le haut conseil est hiérarchiquement en dessous de L'ordre, il est beaucoup plus probable que ton père en faisait partie.

Elle acquiesça de la tête. Son père était donc important… Christopher vit ses yeux briller, il la regarda avec compassion, il était tellement beau comme ça. Elle se força à se contenir, il ne fallait pas qu'elle pleure pour si peu mais en savoir plus sur son père, c'était comme si elle se rapprochait un peu de lui…

Marcus les regarda avec curiosité.

— Il y a bien un moyen, annonça Marcus.

Tous les deux se retournèrent vers lui avec espoir.

— Lequel ? demanda Annabelle.

— Te tu rends compte que tu risques la mort Christopher…pour un hybride ? prévint Marcus.

Annabelle n'eut pas le temps de réagir que Christopher était déjà devant Marcus, il le tenait par le col.

— Quel est ton moyen ?! s'écria Christopher.

Elle ne l'avait jamais vu comme ça. Bordel il était tellement imprévisible ! Marcus tremblait de peur...

— Désolé… peux-tu me lâcher… ? Je vais vous expliquer...

Christopher le lâcha mais resta debout près de lui.

— Le seul moyen que je connaisse est qu'Annabelle tue son père.

Annabelle ne pouvait plus se retenir, ses larmes coulèrent en silence. Christopher était surpris, il n'avait pas bougé. Devant leur silence Marcus continua.

— Si elle tue son père tout son pouvoir lui reviendra et sera entièrement sorcière.

Annabelle avait besoin d'être seule…

— Je… vais aux toilettes, réussit-elle à dire entre deux sanglots.

— En sortant c'est à gauche petite…

Annabelle sortit rapidement. Heureusement il n'y avait personne aux toilettes. Elle se mit devant le miroir, les deux mains sur les rebords du lavabo. Elle se regarda, son mascara avait coulé… elle se sentit pathétique. Bordel ! Son seul espoir de vivre en paix était de tuer son père qu'elle n'avait jamais vu… Elle qui voulait de nouveau une famille.

Elle sécha ses larmes.

— Ah ! C'était ça la puanteur que je sentais.

Elle reconnut la voix insupportable de Selena. Il ne manquait plus que ça. Elle se retourna pour lui faire face.

— C'est quoi ton problème ?

Selena se rapprocha avec un regard méchant.

— Tu fais quoi ici avec mon Christopher ?

— Ton Christopher ? répéta Annabelle en étouffant un rire.

— On ne se moque pas de moi petite conne !

Selena s'approcha rapidement, sans la toucher elle propulsa Annabelle contre le mur de l'autre côté des toilettes. Annabelle était sonnée. Elle se leva avec difficulté. Selena commençait à lui taper sur le système !

— Réponds ! Que fais-tu avec lui ?

— Certaines choses…, provoqua Annabelle.

Selena se mit dans une colère noire mais cette fois-ci elle lui mit un coup de poing. Elle retomba au sol.

— Merde Anna !

Christopher courut vers elle. En voyant Annabelle en sang, il se retourna avec colère vers Selena, il s'approcha d'elle mais ne lui fit rien… son regard suffisait.

— Viens Selena ! s'écria Marcus qui était resté à la porte.

Elle obéit rapidement. Ils étaient seuls à présent.

— Pourquoi l'as-tu provoquée ? Es-tu totalement inconsciente ?!

Il la souleva dans ses bras.

— Génial tu entends à travers les murs maintenant ? dit-elle pour changer de sujet.

— Je sais que tu es mal mais ce n'est pas une raison pour chercher les ennuis, dit-il compatissant, si elle n'avait pas été une femme, je l'aurais tuée.

Annabelle était surprise… il serait prêt à tuer pour elle ? Mais qui était vraiment Christopher Roy ?

— Rentrons.

•

Christopher la déposa sur son lit. Il était en colère et compatissant à la fois… Il lui caressa le visage tendrement. Elle n'arrivait plus à réfléchir, elle était absorbée par sa main sur elle. Il toucha la blessure sur sa lèvre ouverte, elle eut un mouvement de recul, il la rassura d'un sourire puis elle se laissa faire. Il ferma les yeux et quelques secondes après elle n'avait plus mal, il l'avait guérie.

Encore une fois.

Chapitre 7

Annabelle avait déjà fini les tâches de la matinée. Elle était comme une gamine à penser à Christopher. Malgré la mauvaise nouvelle de la veille, elle était de bonne humeur, elle se disait que de toute façon son père avait disparu donc pas besoin de pleurer pour quelqu'un qui n'existait plus… Ses pensées étaient toutes pour Christopher.

Elle reçut un message.

« D'où vient ce nouveau bracelet ? »

C'était Christopher ! Pourquoi voulait-il savoir ça ? Elle rit toute seule, elle regarda autour d'elle, Benjamin était loin et sa patronne dans son bureau.

« C'est Ben qui me l'a offert. »

Elle attendit une réponse pendant de longues secondes avant de ranger son téléphone. Etait-il jaloux ?

— Il n'est peut-être pas si méchant que ça…, se dit-elle à voix basse avec un petit sourire en coin.

•

Annabelle sortit tard de la boutique, il faisait déjà nuit. Elle entra dans sa voiture rapidement.

— Pas envie de croiser un chasseur, dit-elle en soufflant sur ses doigts.

Il faisait froid. Elle démarra et prit un raccourci, juste au cas où... Elle roula pendant quelques minutes quand sa voiture s'arrêta. Elle avait oublié de mettre de l'essence !

— Quelle cruche ! s'écria-t-elle en tapant le volant.

Après avoir passé ses nerfs elle regarda autour d'elle, c'était peut-être une mauvaise idée de changer de trajet pour passer par un chemin traversant la forêt !

— Très intelligent Anna... très intelligent...

Elle commença à avoir peur, elle était protégée chez elle et même à la boutique car d'après Lola les chasseurs n'allaient pas dans les boutiques de lingeries ça pourrait nuire à leur réputation... mais sur le chemin elle n'avait pas de protection ! Elle prit son téléphone pour envoyer un message à Christopher... C'était une bonne excuse pour le revoir... Elle appuya pour envoyer mais elle n'avait pas de réseau, elle décida de sortir prudemment de la voiture. Elle dut s'éloigner de quelques mètres pour enfin pouvoir envoyer son message.

— Oui ! s'écria-t-elle en sautant sur place.

Un bruit venant de la forêt la stoppa net. Son cœur battait beaucoup plus vite. Elle décida de regagner sa voiture quand le bruit recommença. C'était peut-être juste le vent... Elle ouvrit la portière quand soudainement un homme surgit de nulle part. Il sortait de la forêt, elle le voyait mal car il n'y avait aucun lampadaire sur cette route.

— Je peux vous aider ? demanda l'homme d'une voix glaciale qui la transperça.

— Non... merci, réussit-elle à dire.

Elle voulut entrer dans sa voiture mais elle était comme clouée au sol. L'homme s'approcha, il était habillé tout en noir et... Bordel ! Il avait les cheveux blonds, c'était Raphaël ! Il lui fit un grand sourire.

Il la souleva du sol de quelques centimètres pour la faire glisser jusqu'à lui.

— Laisse-moi tranquille ! cria-t-elle en essayant de bouger, en vain.

Il était si proche qu'elle sentit son odeur, qui n'était pas du tout agréable contrairement à celle de Christopher. Il lui caressa le visage avec sa main froide, elle frissonna. Ses grands yeux verts la regardèrent d'un air curieux.

— Comment as-tu fait ? chuchota-t-il en lui prenant le visage entre ses mains.

— Fait quoi ?! s'énerva-t-elle.

— Séduire mon ami…

Il la regarda intensément puis sa bouche vient s'écraser sur la sienne. Elle essaya de le repousser mais en vain, il avait une force incroyable ! Heureusement ça n'avait pas duré, Raphaël fut projeté contre un arbre puis disparut instantanément. Christopher courut vers elle avant qu'elle ne tombe. Elle se retrouva chez elle dans les bras de Christopher la seconde d'après, tout s'était passé tellement vite !

Annabelle mit du temps à se calmer, Christopher la posa sur le canapé puis revint avec un verre d'eau. Elle le but d'un seul trait.

— Je vais appeler tes amis pour qu'ils te tiennent compagnie.

Il se mit accroupi devant elle.

— Il ne te touchera plus jamais.

Il la regardait avec un regard désolé.

— Cette provocation était pour moi, ajouta-t-il en baissant la tête.

— Pourquoi ? chuchota-t-elle en lui relevant la tête.

Il ne répondit pas. Il se contenta de caresser son visage en regardant ses lèvres.

— Je dois y aller, dit-il en se levant précipitamment.

— Reste…, supplia-t-elle en lui prenant la main pour le retenir.

— Je dois voir s'il rôde toujours.

— D'accord, dit-elle déçue en se mordant la lèvre.

Il avait l'air d'hésiter devant la mine triste d'Annabelle mais il se reprit.

— Et puis je vais aussi aller chercher ta voiture.

Ah oui la voiture… surtout que la porte était restée ouverte !

— Merci…

•

Lola et Andy arrivèrent juste après le départ de Christopher.

— Oh ma chérie ! s'écria Lola en lui faisant un câlin, il ne t'a pas fait de mal j'espère ?!

Elle expliqua à ses amis ce qu'il s'était passé.

— L'enfoiré…, dit Andy en secouant la tête, le seul moyen d'arrêter ça, c'est de l'envoyer en enfer !

— Malheureusement si ce n'est pas lui, ça sera un autre chasseur…, raisonna Annabelle.

Elle leur raconta sa petite virée en boîte de nuit, sa rencontre mouvementée avec Selena qui ne laissa pas ses amis indifférents.

— Cette garce va le payer cher ! déclara Lola en faisant les cent pas.

Après avoir calmé Lola, Annabelle leur raconta ce que Marcus avait dit…

— Tuer ton père ? s'étonna Andy, il faudrait déjà le retrouver.

— Tu crois vraiment qu'il va vouloir revenir juste pour se faire tuer ? dit Lola en regrettant ses paroles, désolée Anna…

— Ne t'inquiète pas, coupa Annabelle, il faut trouver une autre solution…

Andy s'approcha d'elle pour lui faire un câlin.

— On va chercher de notre côté aussi, dit-il avec un beau sourire, je dois vous laisser je bosse dans trente minutes.

— Pas de soucis Andy.

Annabelle l'accompagna devant la porte.

— Bye ma belle !

— Bisou !

Elle revient s'assoir près de Lola qui avait l'air pensive.

— Ça va Lola ?

— Oui ! Je crois que j'ai trouvé une solution !

Annabelle ouvrit grand les yeux.

— Qu'est-ce que c'est ?

— Et si on t'apprenait la magie ? Peut-être que tu auras assez de pouvoirs en toi pour te passer de ton père !

— Je n'y avait même pas pensé !

Elles passèrent deux heures à essayer le sort le plus simple, la lévitation, sans succès… Annabelle n'arrivait même pas à soulever une plume…

— Ce n'est pas grave ma chérie, dit Lola pour la rassurer, ce n'est pas en un jour que tu vas apprendre la magie… il faut du temps et de l'entraînement.

— Tu as raison, marmonna Annabelle.

•

Annabelle n'avait pas beaucoup dormi. Elle avait reçu un message de Christopher tôt ce matin qui lui disait qu'elle pouvait aller au travail tranquillement. Elle n'avait pas la force de se faire belle. Elle sortit de chez elle avec un simple jean noir, un débardeur rouge et sa veste en cuir sans prendre le temps de bien se maquiller, un trait au crayon suffit. Au travail elle était dépitée, quand elle se retrouvait seule, elle réessayait encore et encore le sort lévitation sur des petits objets mais n'y arrivait pas. A chaque échec elle manquait de pleurer.

— Il n'y a aucune autre solution…, conclut-elle tristement.

— Ça va Anna ?

Annabelle sursauta.

— Ben ! Tu m'as fait peur !

— Désolé ma belle, dit-il doucement, c'est la pause tu viens manger avec moi ?

Elle n'avait pas d'appétit, elle voulait juste rentrer chez elle et se rouler dans une couverture devant un bon film.

— Non je pense que je vais rentrer… je ne me sens pas très bien.

Benjamin acquiesça avec une mine déçue. Annabelle demanda à Claire si elle pouvait rentrer.

— Bien sûr ! Il faut que ma meilleure vendeuse soit en forme ! annonça Claire avec enthousiasme.

— Merci Claire je pose un jour de congé pour demain, je ne suis pas très en forme…

— Pas de soucis, repose-toi bien.

A peine sortie du bureau de Claire que Benjamin recommençait à l'étouffer.

— Je vais te raccompagner chez toi.

— Non merci Ben j'ai ma voiture, protesta-t-elle.

— Tu sembles fatiguée, laisse-moi t'aider.

Annabelle sortit rapidement de la boutique suivie de Benjamin. Elle s'arrêta net pour mieux réaliser ce qu'elle voyait. Christopher était adossé à sa voiture. Cette dernière paraissait tellement petite par rapport à Christopher. Il portait un simple t-shirt noir, un pantalon bleu foncé avec ses belles bottes de motards… Elle était toute émoustillée ! Cette vue lui donnait l'impression qu'elle avait enfin un homme fort à ses côtés pour la protéger et l'aimer… Mais elle garda cette pensée au plus profond d'elle-même. Quant à Benjamin, il était plutôt en colère. Il regardait Christopher avec mépris.

Le beau chasseur s'approcha d'elle sans un mot et l'embrassa comme si sa vie en dépendait. Le cœur d'Annabelle manqua un battement. Elle ne s'y attendait absolument pas. Il était tellement agaçant à pouvoir faire d'elle ce qu'il voulait ! Sa bouche était intense et chaude… Elle se laissa aller contre lui et lui rendit son baiser avec la même intensité.

Après un raclement de gorge de la part de Benjamin, les deux tourtereaux reprirent des distances convenables. Tous les deux étaient troublés. Elle s'écarta de lui pour essayer d'éteindre le feu qu'il avait allumé en elle.

— Tu ne fais pas les présentations ? demanda Benjamin qui essayait de rester calme.

— Euh oui… Benjamin voici Christopher, Christopher je te présente Benjamin.

Les deux hommes se contentèrent d'une poignée de mains et de regards remplis de testostérone… Puis le chasseur prit Annabelle par la taille pour la faire monter côté passager de sa propre voiture ! Qu'est-ce qu'il peut être dominant ! Elle n'eut pas le temps de dire au revoir à Benjamin qu'ils étaient déjà en route. Elle se rendit compte qu'il n'y avait pas les clefs sur le contact… encore la magie…

— Tu l'as trouvée où cette caisse ?! dit-il énervé contre la boîte de vitesse.

Elle rit en le voyant galérer, pour une fois qu'il ne contrôlait pas tout !

— Elle est super ma caisse ! se moqua-t-elle.

Certes elle n'était pas toute neuve et avait quelques problèmes mais elle l'adorait !

Durant le trajet qui menait chez elle, elle le regardait discrètement en repensant à ce baiser spectaculaire… Pourquoi avait-il fait ça ?

— Pourquoi ce baiser ? demanda-t-elle timidement.

Il ne répondit pas tout de suite. Il la regarda et soupira.

— Il ne t'ennuiera plus maintenant.

Il avait fait ça pour rendre jaloux Benjamin ? Elle ne savait pas si elle devait être contente ou choquée.

La voiture s'arrêta dans sa petite cour.

— Repose-toi bien.

Elle n'avait pas envie qu'il parte aussi tôt…

— Où vas-tu ? se renseigna-t-elle rapidement.

— J'ai quelque chose à régler.

Elle repensa immédiatement au fameux Gabriel dont Marcus voulait la mort.

— Gabriel ?

— Oui, dit-il sans la regarder.

— Je veux venir avec toi.

Il la regarda comme si elle venait de dire la plus grosse bêtise de sa vie.

— C'est hors de question, trancha-t-il.

— C'est de ma faute ! s'écria-t-elle, tu dois le tuer à cause de moi !

— C'est moi qui ai accepté, dit-il en la regardant cette fois-ci, tu n'as pas à m'accompagner trésor…

— C'est ma décision, dit-elle en croisant les bras, je me sens déjà trop coupable, je ne veux pas te laisser seul…

— Je suis un chasseur Anna… tuer est dans ma nature, une vie de plus ce n'est rien pour moi.

Ses mots la touchèrent de plein fouet, il avait raison, c'était un tueur... Elle se mordit la lèvre en pensant qu'elle avait le béguin pour un assassin... quelle cruche ! Elle se mordit tellement qu'elle s'en fit saigner la lèvre. Christopher la regarda avec autorité.

— Tu vas rentrer chez toi d'accord ?

Il approcha sa main de la lèvre.

— D'accord ?

Elle sentit cette merveilleuse sensation de guérison la pénétrer.

— Chris...

Il ferma ses yeux comme pour savourer sa voix, quand il les rouvrit ils étaient avides d'elle. Il l'embrassa mais cette fois-ci il était doux. Elle avait du mal à le suivre, il était terrifiant mais aussi tellement tendre. Elle lui rendit son baiser en lui passant les bras autour de son cou. Il la porta pour la mettre sur ses cuisses, elle émit un petit cri quand elle sentit sa virilité tendue contre elle.

— On va à l'intérieur ? dit-elle trop excitée pour être timide.

Il lui sourit et en un clin d'œil elle se retrouva sur son lit. Les battements de son cœur s'accélérèrent en sentent le poids de Christopher contre elle. Elle pouvait sentir tous ses muscles puissants, ce qui l'enflamma encore plus. Ils s'embrassèrent passionnément. Elle se cambra pour se frotter à sa virilité ce qui lui tira un puissant gémissement. La seconde d'après elle était à califourchon sur lui. Elle se pencha pour l'embrasser encore et encore quand elle s'arrêta net.

— Ça ne va pas Anna ? s'interrogea-t-il inquiet.

Elle ne pouvait pas lui répondre, sa gorge lui brulait.

— Anna ?!

Tout à coup elle fut propulsée contre son armoire et retomba lourdement sur le sol.

Chapitre 8

— Anna !

Elle ne comprenait pas ce qu'il lui arrivait, elle était comme dans un cauchemar où il était impossible de se réveiller. Elle vit dans le flou Christopher courir vers elle mais avant qu'il puisse la toucher, elle fut tirée par les cheveux jusqu'au couloir par une force invisible.

— Bordel !

Elle entendit Christopher jurer. Arrivée au couloir elle fut soulevée du sol, elle planait au-dessus des escaliers. Quand elle entendit Christopher parler dans la langue des sorciers tout s'était arrêté, il fut rapidement en dessous d'elle pour la récupérer.

— Ça va aller trésor…, dit-il soulagé en remontant les escaliers.

•

Annabelle se réveilla en sursaut, elle avait la tête qui tournait, elle ferma les yeux en attendant que ça passe. Elle toucha de ses doigts les draps qui l'entourait, c'était de la soie, elle ouvrit rapidement les yeux.

— Merde..., chuchota-t-elle.

Elle n'était pas chez elle ! La chambre où elle se trouvait n'était pas assez éclairée pour voir correctement, elle avait juste la lumière de la lune qui éclairait derrière de grandes baies vitrées. Elle sortit du lit prudemment quand elle entendit une sonnerie. Ça ressemblait à une sonnerie de porte. Elle avança vers la porte de la chambre pour l'ouvrir juste un peu. Elle fut soulagée quand elle vit Christopher aller ouvrir. Elle qui pensait que Raphaël avait réussi à la kidnapper... Christopher parlait avec un homme mais elle ne le reconnut pas. Il était blond aux cheveux mi long bouclés.

— Gabriel ! Quelle bonne surprise..., commença Christopher.

Le fameux Gabriel ? Mais il était complètement fou de venir ici !

— Marcus, avec son habituel air supérieur, m'a appelé pour me dire que j'allais bientôt mourir de tes mains. J'ai réussi à soutirer le sujet de votre contrat à ses sbires, dit-il d'un air nonchalant, pas très loyale d'ailleurs…

— Et ? Christopher s'impatienta.

— Je suis venu te dire qu'il ne t'a pas tout dit à propos de ce que tu cherchais…, dit-il en regardant dans la direction d'Annabelle.

Elle prit peur et se cacha. Il savait qu'elle était là…

— Tu peux sortir Annabelle, lança Christopher.

Ils savaient tous les deux qu'elle était là. Impossible de se la jouer discrète avec des sorciers !

Elle descendit prudemment les marches en verre. Elle se rendit compte de l'architecture de la maison de Christopher, tout était moderne, jamais elle n'aurait rêvé d'une maison pareille, tout devait valoir une fortune ! Elle n'eut pas le temps de tout bien voir qu'elle était déjà devant les deux hommes... Gabriel lui fit un beau sourire, Christopher la regardait avec inquiétude. Pourquoi ?

— Que savez-vous que nous ignorons ? commença Annabelle en croisant les bras pour se donner de l'assurance.

— Je vous le dirai avec plaisir chère demoiselle si ce cher Christopher épargne ma vie !

Il avait une assurance folle ! Il était devant son bourreau mais ne sourcillait pas...

— S'il y a vraiment une autre solution Marcus va me le payer cher.

Christopher invita Gabriel à entrer, ils se dirigèrent vers le salon. Il comportait trois canapés en cuir blanc qui entouraient une magnifique table en verre, le pied de la table avait la forme du tronc d'un arbre avec les branches qui allaient jusqu'aux extrémités. Il y avait une grande cheminée au mur qui allait parfaitement avec le décor. Christopher s'assit à côté d'Annabelle, quant à Gabriel il alla sur le canapé d'en face.

— Epargneras-tu ma vie alors ?

— D'abord crache ta solution et après on verra.

Christopher ne plaisantait absolument pas.

— Je suppose que je n'ai pas d'autres choix…, dit-il en se résignant.

Comme personne ne répliqua, il continua.

— Le rituel de la première Dame.

— C'est ça ta solution ?!

Annabelle n'eut pas le temps de voir Christopher se lever qu'il était déjà en train d'étrangler Gabriel.

— Non ! s'écria Annabelle.

Pourquoi réagissait-il de la sorte ?

— Ce rituel est impossible à réaliser, dit-il en serrant d'avantage sa prise, il se moque de nous.

— Je veux l'entendre... dit-elle en s'avançant pour poser la main sur l'épaule du chasseur, j'ai le droit de connaitre toutes les solutions possibles.

Christopher lâcha brutalement Gabriel, puis retourna s'assoir. Annabelle aida Gabriel à se relever. Il la gratifia d'un joli sourire. Quant à Christopher, il avait un regard noir. Ne pouvait-il pas sourire plus souvent ? Il était exaspérant parfois...

— Je vous écoute, commença calmement Annabelle en s'asseyant à côté de Gabriel.

Christopher la fixait du regard. Annabelle se demanda s'il était jaloux ? Non c'était impossible, ils n'étaient même pas ensemble... Elle détourna le regard pour regarder Gabriel, il avait un air amusé. Quel homme étrange, il avait failli y passer et le voilà amusé…

Gabriel reprit son sérieux en voyant le regard noir de Christopher.

— Il y a longtemps, un hybride comme toi du nom de Diane voulait devenir sorcière à part entière. D'après les rumeurs elle aurait réussi en trouvant dans un livre ancien un sort interdit.

— Quel est ce sort ? interrogea Annabelle avec un grand empressement.

— La mort.

— Pardon ? demanda Annabelle après quelques secondes.

— Il faut se donner la mort avec la dague dont Diane s'est servie, et si le sort fonctionne tu ressusciteras en sorcière.

— Où peut-on la trouver ?

— D'après les rumeurs elle serait avec elle... dans sa tombe.

Christopher commença à s'impatienter. Gabriel poursuivit.

— Il serait au château de l'île de Donan en Ecosse.

— Tu ne lui dis pas le meilleur ? insista Christopher.

Annabelle le fusilla du regard. C'était sa vie qui était en jeu et il ne faisait aucun effort !

— Le problème c'est que jusqu'à présent personne n'a jamais réussi à l'avoir..., annonça tristement Gabriel, l'endroit est maudit.

Annabelle encaissa la nouvelle... Christopher souffla exaspéré, il se leva et avança comme un prédateur sur sa proie mais Annabelle l'arrêta net.

— Stop ! s'écria-t-elle en se levant pour se mettre devant Gabriel, je veux y aller.

— Pardon ? s'offusqua Christopher, tu n'as pas compris que personne n'a jamais réussi ?!

— Parce que j'ai plus de chance en restant ici à ne rien faire ?!

Ils s'affrontèrent du regard. Annabelle avait les larmes aux yeux. Le regard du chasseur s'adoucit, il s'approcha et lui prit les mains pour les caresser tendrement. Elle se calma elle aussi.

— On ira alors, conclut-il calmement, et tu nous accompagnes Gabriel. Si ça fonctionne, le contrat avec Marcus est annulé et si ça ne fonctionne pas... tu es un homme mort.

Gabriel déglutit mais acquiesça de la tête. Deux sorciers pour l'accompagner devraient être suffisants ? Annabelle sourit à Christopher quand elle sentit des picotements dans ses mains. Elle lâcha les mains du chasseur pour se les frotter, mauvaise idée elle avait l'impression avoir les mains en feu.

— Chris... je crois que ça recommence ! dit-elle paniquée.

— Merde...

Il s'approcha pour la toucher mais elle fut projetée en arrière droit sur Gabriel. Ils s'écrasèrent durement au sol en renversant le canapé au passage. Elle vit Christopher courir vers elle, elle tendit la main vers lui.

— Chris…, réussit-elle à dire.

Il lui prit la main, ferma les yeux et chuchota dans sa langue. Au lieu de se sentir mieux, elle avait l'impression d'être brûlée de partout.

— Faites que ça s'arrête ! dit-elle en hurlant.

— Que lui arrive-t-il ? demande Gabriel en s'agenouillant à côté d'elle.

— Un sortilège…, dit le chasseur en serrant les dents.

— Je connais quelqu'un qui pourra l'aider.

Christopher hésita mais il n'avait pas beaucoup d'option… Il prit Annabelle dans ses bras, elle était tremblante de fièvre.

— Après toi.

Gabriel voulut poser sa main sur le chasseur avant d'être stoppé.

— Pas de téléportation, elle pourrait ne pas le supporter. Prends la clef de ma voiture, elle est accrochée à côté de la porte.

Gabriel obtempéra. Ils arrivèrent à la voiture, le chasseur alla à l'arrière avec Annabelle. Il l'allongea et mit sa tête sur ses cuisses. Gabriel prit le volant avec plaisir.

— Il faudrait que je pense à devenir chasseur si ça permet de s'offrir ce genre de voiture !

Christopher n'y prêta pas attention, trop concentré sur Annabelle. Gabriel le regarda à travers le rétroviseur, il avait déjà croisé plusieurs fois Christopher mais jamais il ne l'avait vu dans cet état.

— C'est comment d'être amoureux ?

Il obtint enfin l'attention du chasseur.

— Contente-toi de rouler.

Gabriel n'insista pas, il n'avait pas envie de s'attirer les foudres du chasseur. Il arrêta la voiture vingt minutes plus tard. Ils sortirent en vitesse pour se retrouver devant une femme qui semblait les attendre. Elle portait une longue jupe rouge avec un débardeur noir caché par des tonnes de colliers de toutes sortes, ses cheveux roux étaient très longs, ils ondulaient jusqu'à ses cuisses. Elle regarda Annabelle avec inquiétude.

— Faites-la entrer, vite ! dit-elle en regardant partout derrière eux pour s'assurer qu'ils n'avaient pas été suivis.

Ils entrèrent dans ce qui semblait être une salle de voyance, il y avait des bougies un peu partout, les murs étaient sombres, des talismans magiques étaient suspendus au plafond. L'endroit était très étrange.

La femme les emmena dans la pièce du fond, Annabelle aperçut un grand lit à la couverture rouge sang à côté d'une maquilleuse avec un grand miroir, c'était surement sa chambre.

— Pose-la sur le lit.

Christopher s'exécuta. La femme s'agenouilla au côté d'Annabelle puis posa sa main sur son front en fermant les yeux pour se concentrer.

— Qui est-ce ? demanda discrètement le chasseur à Gabriel, j'espère que tu n'es pas en train de m'entuber.

— Elle s'appelle Victoria, elle est voyante et guérisseuse, chuchota Gabriel, ne t'inquiète pas j'ai entièrement confiance en elle.

— Tu as entièrement confiance en moi ? C'est gentil mais pas assez pour me reconquérir, précisa Victoria.

Gabriel leva les bras en signe de capitulation.

— Ce n'était pas pour te reconquérir Vic…

— Pouvons-nous nous concentrer sur Annabelle ? dit le chasseur d'un ton glacial.

Victoria obéit immédiatement. Le chasseur pouvait faire froid dans le dos quand il le voulait…

— Elle a été ensorcelée, annonça Victoria en remettant la main sur son front, je vois une femme…

— Une femme ? s'étonna Gabriel.

— Selena…, marmonna-t-il en soufflant.

— Selena ?

Gabriel réfléchit quelques secondes.

— Celle qui travaille avec Marcus ?

— Oui.

— Pourquoi ferait-elle ça ?

— La sorcière est amoureuse du chasseur… Il semblerait qu'elle veuille évincer ta nouvelle copine, déclara Victoria.

Christopher était dans une colère noire. Il s'approcha du lit, Annabelle était de plus en plus mal. Brusquement elle se redressa en respirant très fort, le chasseur s'assit au près d'elle.

— Calme-toi Anna, tu devrais t'allonger, dit-il en lui caressant le visage ce qui surprit Victoria.

— Ton chasseur a raison Anna, tu dois faire le moins d'efforts possible, je vais aller te chercher un remontant qui calmera tes douleurs.

Elle sortit de la pièce en faisant un signe de tête à Gabriel de la suivre.

— Je vais mourir ? demanda tristement Annabelle.

Elle avait des larmes qui coulaient abondamment… Christopher les essuya.

— Tant que je serai en vie ça n'arrivera pas.

— Je vous ai entendus parler de Selena, c'est à cause d'elle tout ça ?

— Oui.

— Je n'aurais peut-être pas dû la provoquer… j'ai vraiment un caractère de cochon, dit-elle en souriant un peu.

Christopher lui rendit son sourire. Annabelle était absorbée par les yeux du chasseur, il la regardait d'une façon qu'elle n'aurait jamais imaginée de sa part...

— Chris...

Il était si près d'elle. Elle sentit son odeur tellement parfaite lui titiller les narines. Il s'approcha encore un peu plus.

— Anna...

Il écrasa sa bouche contre la sienne d'une façon si douce et si puissante à la fois... un contraste merveilleux. Un long frisson parcourut l'échine d'Annabelle. Elle en oublia sa douleur pour se concentrer sur ce baiser qu'il lui offrait. Elle poussa un gémissement quand il se fit plus pressant, en l'entendant il s'arrêta net.

Pourquoi s'arrêtait-t-il ?

— Désolé, tu es souffrante… Ce n'est pas le bon moment.

Il se leva pour s'éloigner d'elle surement pour reprendre ses esprits. Il ne voulait pas profiter d'elle… ce qui toucha Annabelle. Elle sourit quand elle sentit une douleur dans sa poitrine, elle avait le souffle coupé ! Christopher se retourna en l'entendant agoniser. Mais il n'eut pas le temps de s'approcher d'elle, qu'elle n'était déjà plus là.

Chapitre 9

Annabelle se réveilla avec des maux de tête horribles. Elle ouvrit les yeux péniblement et put distinguer des bougies qui éclairaient difficilement la pièce. Elle voulut bouger mais impossible, quelque chose la bloquait. Elle regarda ses mains puis ses pieds.

— Merde…, souffla-t-elle avant de tousser.

Elle était debout, les pieds et les mains enchaînés contre un mur, ses mains étaient un peu plus hautes que son visage, elle essaya de tirer mais la morsure des sangles lui arracha un cri de douleur. Et pourquoi était-elle en sous-vêtements ?

Au bout de quelques minutes, ses yeux s'habituèrent à la pénombre, elle put voir la pièce terrifiante dans laquelle elle se trouvait. C'était surement une cave, les murs étaient en pierres, pareil pour le sol qui était froid et sale. Elle leva la tête vers le plafond et y vit quelque chose de terrifiant... Pleins de poupées étaient accrochées par le cou, elles étaient sales, certaines avaient les membres et les yeux arrachés. Annabelle trouva ça morbide. Qui était ce psychopathe qui l'avait enfermée ?!

— Si tu cherches ta poupée, elle est là, dit une voix féminine dissimulée dans l'ombre.

— Quoi ? Qui êtes-vous ? Pourquoi vous me faites ça ?!

— Oh oh du calme l'hybride…

— Comment… comment savez-vous ?

— Je t'espionne depuis un bail maintenant.

— Mais pourquoi ? Qui êtes-vous ?! répéta-t-elle suppliante.

La femme ne se fit plus attendre, elle s'approcha d'une démarche féline.

C'était Selena.

— Toi ? s'étonna Annabelle, tu me veux quoi, la folle ?

Selena se mit à ricaner. Elle s'avança encore, ses talons hauts résonnaient dans toute la cave, elle portait un legging en cuir avec un haut noir qui montrait la moitié de sa poitrine... Annabelle s'interrogea sur la poupée qu'elle tenait. Elle commença à comprendre, c'était elle qui avait provoqué ses douleurs. Quelle garce ! C'était quoi son problème ?

— Pourquoi tu m'espionnes ?

— On ne touche pas à ce qui m'appartient !

Selena s'approcha encore plus, elle cocottait énormément. Elle passa son index sur le ventre d'Annabelle. De son ongle géant elle lui griffa jusqu'au sang. Annabelle se contrôla pour ne pas crier, elle ne voulait pas lui faire ce plaisir.

— Tu parles de quoi ?! Je ne t'ai rien pris !

— Christopher est à moi ! dit-elle en lui coupant cette fois-ci la joue.

La douleur lui arracha un petit cri qui fit sourire la sorcière. Christopher ? C'était une blague ?!

— Je ne suis pas avec lui, idiote !

— Alors pourquoi se promène-t-il avec une conne d'hybride depuis trois mois au lieu de te tuer ?

—Trois mois ? Elle était plus folle qu'Annabelle le pensait. Lola lui avait dit que la soirée de leur rencontre au bar datait d'une semaine avant qu'ils effacent sa mémoire. Pourquoi lui aurait-elle menti ?

— Ça fait moins d'une semaine que je le connais !

— Menteuse !

Cette fois-ci Selena lui mit un gros coup de poing dans le ventre, ce qui coupa le souffle d'Annabelle.

— Avant de te rencontrer il venait encore me voir… Maintenant tout est fini à cause de toi !

— Ce n'est pas de ma faute si tu ne comptes pas pour lui !

Selena tendit la main dans le vide et une hache apparut. Annabelle ouvrit grand les yeux. Elle n'allait pas vraiment la tuer ? Elle brandit la hache en direction d'Annabelle. Cette dernière ferma les yeux de toutes ses forces, elle se raidit pour se préparer au choc quand elle entendit le bruit d'un objet métallique tomber au sol.

•

Annabelle ouvrit les yeux et fut stupéfaite, il n'y avait plus personne. Elle entendit son nom en écho.

— Anna !

C'était la voix de Christopher.

— Je suis ici ! s'écria-t-elle.

Elle l'entendit descendre. Il s'arrêta net en la voyant dans cette posture. Elle ne put retenir ses larmes, elle avait failli y passer quand même... Il s'approcha pour la délivrer en vitesse.

— Elle ne te touchera plus, dit-il en la soulevant de ses bras, Gabriel et Victoria sont à sa poursuite.

— Pourquoi m'aident-ils ? dit-elle épuisée.

— Victoria dit avoir vu en toi un potentiel énorme. D'après ce que j'ai compris, tu es liée au soleil, il te procurera un grand pouvoir... et elle veut t'aider à y parvenir. Gabriel, lui... n'a pas trop le choix.

— Elle veut m'aider à devenir une sorcière ? J'ai l'impression que L'ordre n'est pas beaucoup aimé... dit-elle en essayant de rire mais s'arrêta quand elle ressentit une douleur au niveau de son ventre.

— En effet… accroche-toi bien d'accord ?

— D'accord.

Ils arrivèrent chez Annabelle à la vitesse de la lumière. Il la déposa sur son canapé puis prit sa main pour la guérir encore une fois… Elle se laissa aller à cette sensation qu'elle adorait tant. Quand ce fut fini il prit son téléphone.

— Tu appelles qui ?

— Lola et Andy. Ils vont te tenir compagnie en attendant je vais aider Gabriel et Victoria.

A l'énonciation de Lola, Annabelle se rappela ce que lui avait dit Selena... Ses amis lui auraient-ils menti ? Elle essaya de rester calme, ce ne serait pas logique... Pourquoi feraient-ils ça ? Elle acquiesça à Christopher.

Quelques minutes plus tard ils arrivèrent en trombe. Elle eut droit à un gros câlin de leur part.

— On te laisse deux secondes et voilà ce qu'il t'arrive ! ironisa Andy

— A force de trainer avec lui tu m'étonnes..., chuchota Lola en parlant du chasseur.

— Je suis à quelques mètres de toi Lola...

— Je sais bien ! dit-elle avec assurance.

— Arrêtez.

Tout le monde regarda Annabelle qui était d'un calme terrifiant. Elle avait confiance en ses amis mais elle était persuadée qu'ils lui mentaient. Ils avaient déjà menti sur pleins d'autres choses, pourquoi pas sur ça ?

— Selena m'a avoué qu'elle m'espionnait depuis longtemps.

— Quelle garce celle-là ! déclara Lola.

Annabelle respira un grand coup puis se lança.

— Elle m'a aussi dit que ça fait trois mois que je côtoie Chris.

Lola et Andy se regardèrent furtivement. Et merde ! Selena disait vrai... Elle regarda

Christopher qui lui n'avait pas bougé d'un poil, son regard était indéchiffrable.

— Vous m'avez tous caché la vérité… Vous me devez une très bonne explication !

— Anna…, commença doucement Lola, on a fait ça pour ton bien ! Apprendre que tu avais couché avec un homme qui tue ton espèce t'aurait achevé ! On voulait que tu oublies ce que tu as vécu avec lui car ce n'était qu'une mascarade, il se servait juste de toi ! dit-elle en regardant le chasseur avec mépris.

Elle n'osa pas regarder Christopher, elle baissa les yeux. Elle avait donc déjà couché avec lui ! Elle se sentit horriblement gênée, ils le savaient tous… Elle se demanda quelle relation elle avait eu avec lui ? Trois mois ce n'était pas rien ! Elle était totalement perdue…

Lola lui rappela que c'était effectivement un tueur d'hybrides, avec tout ce qu'il s'était passé elle l'avait presque oublié... Il se servait peut-être juste d'elle ? Rien n'était sûr... Tout ce qu'elle savait c'est qu'elle avait envie de rester seule, elle ne leur pardonnerait pas aussi facilement cette fois.

— Laissez-moi seule !

— Mais Anna...

— Non Andy ! Sortez tous ! s'écria-t-elle.

Andy et Lola obtempérèrent sans un mot de plus quant à Christopher il s'était volatilisé avant qu'elle ne puisse le voir. Tant mieux, elle était trop gênée de savoir qu'il lui avait fait l'amour sans qu'elle s'en souvienne. Quelle situation embarrassante... Ses amis allaient le payer ! Elle monta à l'étage comme une furie.

— Une bonne douche me calmera !

Arrivée dans la salle de bain elle se déshabilla en vitesse et jeta ses habits dans le bac à linge avant de rentrer dans sa douche. Elle y resta plus d'une heure quand elle commença à sentir la fatigue, c'était une très longue journée... enfin il était déjà trois heures du matin. Impossible d'aller au travail demain, elle alla dans sa chambre pour prendre son portable, elle envoya un message à Benjamin pour prévenir qu'elle prenait une semaine de ses congés en s'excusant de le laisser seul aussi précipitamment. Elle enfila une nuisette grise qui avait de la dentelle au niveau de la poitrine avec un petit tanga de la même couleur. Elle se dirigea vers son lit quand elle sentit un courant d'air dans son dos. Elle se retourna et faillit tomber, Christopher était là.

— Que… que fais-tu ici ? Sors !

Elle tenta de cacher sa poitrine pleinement visible sous sa nuisette mais en vain, vu le sourire qui se dessina sur les lèvres du chasseur. Elle l'avait plus mis en valeur qu'autre chose. Tant pis, elle plaça ses mains sur ses hanches pour lui montrer son mécontentement.

— Hors de ma vue chasseur !

Il ne bougea pas d'un centimètre. Il croisa ses bras et se mit à l'observer intensément, ce qui déstabilisa Annabelle. Que voulait-il ? L'humilier ? Elle commençait à croire que Lola disait vrai… Elle sentit la colère monter, elle n'allait pas se laisser avoir encore une fois !

— Je ne sais pas comment tu as fait pour me mettre dans ton lit mais c'est fini tu ne m'ensorcelleras plus !

Sans le voir venir elle se retrouva collée contre le mur, les bras au-dessus de sa tête prisonnière des mains du chasseur… Elle avait réussi à le mettre en colère, ça changeait de son calme habituel. Elle était tellement mitigée, elle le trouva encore plus beau que d'habitude… ce qui lui donnait envie de l'embrasser ! Mais elle était presque sûre qu'il se jouait d'elle…

— Lâche-moi tu me fais mal !

Il desserra un peu sa prise.

— Je ne t'ai jamais ensorcelé, tu étais toujours pleinement consentante, dit-il d'un ton sévère, est-ce bien clair ?

— Toujours ? On l'a fait plus d'une fois ? Mon Dieu...

— Tu murmurais souvent ce dernier quand je te donnais l'ultime plaisir, murmura-t-il d'une voix douce.

Il s'approcha doucement de son cou pour y déposer un petit baiser puis un autre... Annabelle ne put réprimer le frisson qui la parcourut. Elle était totalement à sa merci quand il décida de continuer sa course plus bas. Elle n'avait même pas remarqué qu'il la tenait par la taille, elle avait encore les bras en l'air... Elle décida de les mettre sur ses épaules musclées pour éviter de défaillir. Il remonta à ses lèvres pour l'embrasser ardemment, il voulait marquer son territoire, la posséder toute entière... son âme avec. Elle émit un gémissement bestial quand il entra la langue experte dans sa bouche. Il glissa sa main vers son intimité quand Annabelle reprit le contrôle et essaya de le repousser, elle ne voulait pas succomber aussi facilement, elle voulait le haïr ! Il recula à bout de souffle, les jambes Annabelle ont faillirent la lâcher. Il la regarda avec un air satisfait.

— Demain je viens te chercher en fin de matinée, nous allons en Ecosse. Prépare-toi.

Il lui fit un clin d'œil avant de se volatiliser.

— Enfoiré !

Chapitre 10

— Christopher ! N'arrête surtout pas ! Oh mon Dieu…

Annabelle se leva d'un bond. Elle venait de faire un rêve érotique avec Christopher… ou alors était-ce un souvenir ? Comme si elle avait besoin de ça ! Elle regarda l'heure : il était déjà dix heures. Mince ! Christopher n'allait pas tarder. Elle se leva précipitamment de son lit pour aller prendre une petite douche, froide de préférence. En sortant elle mit un pantalon noir avec un sweat bleu par-dessus un t-shirt noir, il allait surement faire froid là où il l'emmenait. Elle décida de mettre ses baskets de sport bleu foncé pour être le plus à l'aise possible. Elle alla devant son miroir pour faire une belle queue de cheval puis elle se rajouta juste un peu de crayon et de l'anticernes.

Son téléphone vibra, c'était Benjamin :

« Il n'y a pas de soucis Anna, impatient de te revoir. Repose-toi bien bisous. »

Annabelle souffla, pour une fois qu'il lui ne posait pas de questions. Elle décida d'envoyer un message à sa mère et ses amis pour leur dire qu'elle voulait changer d'air quelques jours et qu'ils ne devaient pas s'inquiéter. Une fois les messages envoyés, elle descendit pour manger un peu, Christopher était déjà là. Il était en train de préparer des pancakes, ce qui laissa Annabelle bouche bée.

La vision d'un homme aussi viril et puissant en train de prendre soin d'elle la fit frissonner... Mais pas assez pour le laisser encore gagner ! Il la toucherait plus, elle s'en fit la promesse.

— Bonjour trésor, dit-il en se retournant pour déposer les pancakes dans une assiette.

Elle ne répondit pas.

— Encore énervée pour hier ?

— Non j'ai totalement oublié.

Christopher fit semblant d'être blessé par ses paroles. Devant sa pathétique comédie, Annabelle avait envie d'éclater de rire mais se contrôla de justesse. Elle se servit en pancakes et mit par-dessus la tonne de miel.

— Mange tout, tu vas avoir besoin de forces.

— On ne va pas se téléporter ?

— Si mais c'est un long voyage tu risques d'être totalement épuisée après, c'est pour ça que j'ai réservé un hôtel à Edinbourg.

— Un hôtel ? A Edimbourg ? C'est au moins…, elle fit un calcul rapide, à 300km du château !

— Oui mais il faut y être allé au moins une fois pour pouvoir s'y téléporter.

— J'en apprends tous les jours avec les sorciers…

Quelques minutes plus tard, Annabelle finit son déjeuner. Elle rangea rapidement et rejoignit

Christopher qui l'attendait en lisant un de ses bouquins.

— Tu es une vraie coquine Anna...

Elle regarda la couverture et reconnut un de ses livres érotiques. Elle rougit violemment. Elle lui arracha le livre des mains pour le remettre dans sa bibliothèque.

— Bon, on y va ? dit-elle pour changer de sujet.

Il se leva et s'approcha d'elle pour mettre ses mains autour de sa taille.

— Pas obligé d'être aussi près, réussit-t-elle à dire, gênée de cette proximité.

— Pas envie que tu m'échappes, mets tes bras autour de mon cou.

Annabelle crut comprendre un double sens mais préféra passer outre.

— Oui chef..., dit-elle pour se moquer de lui sans penser qu'il allait aimer...

Il la serra encore plus fort. Tout allait trop vite pour distinguer quoi que ce soit. Elle ferma les yeux, la vitesse la rendait mal. Elle qui pensait que ça allait se dérouler comme la première fois... Elle s'accrocha de toutes ses forces à Christopher.

Ils arrivèrent à Edimbourg quelques minutes plus tard. Heureusement que Christopher la soutenait, elle était tellement épuisée qu'elle ne tenait presque plus debout.

— Ça va aller ?

Elle avait envie de lui montrer qu'elle était forte mais là c'était impossible, elle n'aspirait qu'à dormir.

— Pas vraiment...

Il la souleva dans ses bras avant qu'elle ne s'effondre.

•

Annabelle se réveilla dans une magnifique chambre d'hôtel. Christopher n'avait pas lésiné sur le prix... Elle était dans un lit à baldaquin, la couverture était en soie bleu foncé, des fleurs de lys couleur or étaient brodées dessus. Elle avait la sensation d'être une princesse dans une chambre aussi luxueuse avec ses tableaux anciens, son grand miroir accompagné d'une magnifique coiffeuse en bois. Elle se leva et remarqua qu'elle était en t-shirt et tanga... Au moins il n'avait pas tout enlevé. Elle se dirigea vers la salle de bain, elle se composait de deux lavabos en marbre, d'un jacuzzi dans un coin et d'une grande douche dans un autre, la lumière était tamisée, tout était fait pour être romantique... Elle soupira. Elle retourna dans la chambre, regarda le réveil, il était deux heures du matin. Où était Christopher ? Elle entendit un grand bruit dans le couloir, elle accourut avant de s'arrêter, c'était peut-être un piège... Elle entendit un autre bruit, elle décida d'ouvrir doucement. C'était Christopher... Il était par terre avec pleins de morceaux de vases sous son dos. Elle leva les yeux au ciel en s'approchant de lui.

— C'est en étant bourré que tu vas assurer ma protection, chasseur ?

— Je suis le meilleur chasseur du monde trésor, dit-il d'une voix affaiblie.

Elle ne l'avait jamais vu dans cet état... c'était plutôt marrant. Elle se pencha pour l'aider à se relever, après plusieurs chutes ils arrivèrent enfin à leur chambre. Elle le déposa au sol le temps de fermer la porte, quand elle toucha la poignée de la porte elle se rendit compte qu'elle avait les mains pleines de sang. Elle accourut vers Christopher pour lui enlever sa veste.

— T'en as envie mon amour ?

Annabelle se figea. Mon amour ? Il ne se rendait surement pas compte de ce qu'il disait...

Elle continua à le déshabiller et vit que son dos était ouvert de partout.

— Le vase...

Elle mit ses mains sous ses bras.

— Allez debout !

Il se mit paresseusement sur ses pieds. Elle put l'emmener dans la salle de bain de justesse, même avec son aide il pesait une tonne pour elle. Elle le posa près de l'entrée, ouvrit le placard sous le lavabo et y trouva une petite pharmacie. Elle prit du désinfectant et l'appliqua doucement. Christopher fit la grimace.

— Je pensais que tu étais le meilleur chasseur du monde ? ironisa-t-elle.

— Laisse je peux me guérir tout seul, il faut juste que je récupère un peu.

— Tu ne vas pas salir ce magnifique lit avec ton sang !

Elle se rendit compte qu'il avait choisi une chambre à un seul lit. Quel salopard… Elle mit des pansements sur ses ouvertures et alla se laver les mains, quand elle sentit ses jambes défaillir. Christopher la déséquilibra pour la mettre sur ses cuisses. Elle émit un petit cri.

— Tu es fou !

— Fou de toi.

Elle n'osa pas répondre. Pourquoi était-il aussi touchant ? C'était vraiment le meilleur dans la manipulation ! Elle essaya de se dégager mais il la serra encore plus. Elle avait la tête collée contre ses pectoraux. Elle décida de se laisser faire… elle n'avait pas trop le choix de toute façon.

— Il faut qu'on se repose Chris…, déclara Annabelle au bout de quelques minutes.

Il la lâcha puis elle l'aida à aller jusqu'au lit où il s'allongea pendant qu'elle lui enlevait ses bottes.

— Peux-tu… pantalon ? dit-il à moitié endormi.

Elle soupira mais s'exécuta, elle déboutonna son pantalon et ouvrit sa fermeture éclair. Elle rougit instantanément à la vue de son membre bien visible sous son boxer blanc.

— Ça te rappelle des souvenirs ?

— Quoi ? Euh… non… je…

Il se redressa, même assis il était grand et imposant par rapport à elle qui était tout petite. Il la regardait avec tristesse… c'était surprenant.

— Je me souviens de chaque moment passé avec toi Anna.

Il fallait qu'elle coupe cette conversation qui allait surement déraper.

— Arrête…, demanda-t-elle en baissant les yeux.

Il lui redressa la tête pour qu'elle le regarde dans les yeux.

— Si je n'avais pas été si bourré je t'aurais fait l'amour sur le champ.

Que répondre à ça ! Elle commençait à paniquer, elle l'allongea violemment et finit de lui enlever son pantalon. Elle éteignit la lumière et se refugia dans la salle de bain. Leur proximité lui faisait perdre la tête. Elle alla prendre une petite douche avant de retourner dans la chambre où Christopher était complètement endormi, ce qui la rassura. Elle le poussa un peu puis s'allongea le plus loin possible du chasseur.

— Pourvu que je m'endorme vite… chuchota-t-elle.

•

Annabelle entendit une sonnerie qui n'était pas la sienne retentir. Elle se réveilla rapidement et vu que Christopher n'était plus là, elle se leva pour sortir le téléphone qui était resté dans le pantalon du bourré... Elle lut « Gabriel ». Elle décida de décrocher.

— Allo Gabriel ?

— Annabelle ? Ça va mieux depuis ? On n'a pas réussi à l'avoir mais maintenant qu'elle sait qu'on est tous à ses trousses elle va se faire tout petite.

— Merci à vous de m'aider...

— Avec plaisir ma grande, où est Christopher ?

Sa phrase s'accompagna d'une ouverture de porte inattendue. Christopher sortit de la salle de bain tout nu, le corps encore luisant d'eau...

— Anna ?

Elle ne pouvait plus respirer, il était tellement… imposant. Elle remonta la tête, il avait les cheveux mouillés avec quelques mèches rebelles qui venaient devant son visage… Wow. Il s'avança vers elle sans gêne. Un petit sourire satisfait se dessina sur son visage, content de l'effet qu'il avait sur elle. Il lui prit doucement le téléphone de la main tout en continuant de la regarder.

— Gab ?

Elle n'écouta pas la conversation, elle était trop hypnotisée par ses yeux. Pourquoi lui faisait-il cet effet-là ? Il raccrocha le téléphone, le jeta sur le lit puis s'avança vers Annabelle comme un prédateur, pendant qu'elle reculait.

— Tu étais minable hier, attaqua-t-elle, je déteste les ivrognes !

— Tu as pourtant pris soin de moi.

Elle arriva jusqu'au mur.

— Il faut bien que tu sois en forme pour notre quête.

Elle avait du mal à se concentrer avec son engin qui lui pendait au nez, ce qui ravit le chasseur.

— Petite menteuse, répliqua-t-il en souriant.

Elle regarda encore une fois son membre qui était maintenant au garde à vous. Elle fut stupéfaite par l'effet qu'elle avait sur lui... Il fallait qu'elle se sorte de cette situation avant qu'elle ne dégénère.

— Que t'a dit Gabriel ?

— Ils nous attendent à la gare, nous allons prendre le train... mais avant j'ai bien envie de te mettre au lit.

Il mit sa main autour de sa taille et l'attira à lui. Elle émit un petit cri et appuya sur son torse pour se dégager.

— Lâche-moi !

— Tu ne préfères pas que je te lèche ?

— Non mais il te manque une case !

— Pourtant je sais que tu adores ça...

— Cette discussion est terminée maintenant lèche moi ! Euh non... lâche moi ! Argh tu m'énerves !

Il se mit à rire de son lapsus. Elle était rouge vif… Sans prévenir il se mit à genou et fit un bisou sur le tanga d'Annabelle. Son cœur manqua un battement, elle croisa son regard et comprit ce qu'il avait en tête en voyant ses pupilles se dilater.

— Arrête Chris…

Il continua à lui faire des bisous tout en se rapprochant de son intimité.

— Chris…

Elle gémit de plaisir quand il passa la main sous son tanga pour rentrer son doigt au plus profond d'elle.

— Stop ! dit-elle, pas très convaincu de vouloir qu'il s'arrête.

Il se remit debout tout en continuant de remuer son doigt en elle. Il ferma les yeux pour savourer ses gémissements.

— As-tu envie de moi Anna ? susurra-t-il à son oreille.

Comme elle ne répondit pas il enfonça encore plus son doigt. La respiration d'Annabelle se fit haletante, elle ne pouvait plus réprimer le désir qu'elle éprouvait. Tant pis si elle se trompait sur lui, peut être allait-il la tuer plus tard ? Ou lui briser le cœur ? Peu importe.

— Chris…

— Dis-le.

— J'en ai envie…

Il ferma les yeux un instant comme pour se contrôler, quand il les rouvrit il s'empara de sa bouche avec passion, tout en continuant de lui donner du plaisir. Annabelle jeta sa tête en arrière quand une vague jouissance la parcourut… Elle n'eut pas le temps de reprendre ses esprits qu'il la porta jusqu'au lit. Il lui enleva son t-shirt puis son tanga tout en la caressant. Elle se mit sur les coudes pour le contempler, son membre était encore bien debout. Elle surprit Christopher quand elle changea de position pour le mettre au chaud dans sa bouche. Il grogna de surprise. Pour une fois que c'était elle qui le surprenait ! Elle continua comme ça quelques minutes avant qu'il ne l'arrête pour se mettre sur elle. Ils se regardèrent passionnément pendant un instant puis il la pénétra. Annabelle eut le souffle coupé par cette sensation de bien-être qui l'envahit. Il commença un long va-et-vient qui la fit chavirer de bonheur.

— Chris...

Il écrasa sa bouche contre la sienne. Annabelle passa ses mains dans les longs cheveux de son amant.

— Plus vite !

Il rit doucement.

— Redemande-le-moi gentiment.

— S'il te plait...

Il l'embrassa puis accéléra ses va-et-vient qui firent grandement gémir Annabelle. De sa bouche, il s'empara de ses seins pour les titiller et les mordiller l'un après autre.

— Tes gémissements me rendent dingue...

Elle lui tira la langue en riant mais s'arrêta net quand elle vu le regard animal du chasseur. Il s'éloigna pour la mettre sur le ventre puis la pénétra rapidement. Annabelle était aux anges, il fallait qu'elle le provoque plus souvent… Ils continuèrent comme ça un long moment avant qu'il ne succombe au plaisir ultime, à bout de souffle.

•

Ils arrivèrent à la gare largement en retard, il était déjà midi. Ils avaient pris de quoi manger avant de venir. Quand elle vit le regard furieux de Gabriel, elle essaya de se justifier d'entrée.

— On est allé chercher à manger…

— Dis plutôt que vous vous êtes bien amusés…, déclara Victoria.

— Comment… tu…

— Je suis voyante ma chérie… dit-elle en lui faisant un clin d'œil.

Annabelle rougit.

— J'ai donc réservé le train qui arrive dans…, elle regarda sa montre, deux minutes.

Gabriel croisa les bras encore en colère d'avoir poireauté pour rien. Annabelle les observa un instant et constata qu'elle était la seule en tenue de sport, ils étaient tous habillés normalement… En noir pour ne pas changer pour les garçons mais Victoria elle préféra mettre une longue robe violette accompagnée d'un petit gilet gris. En tout cas ils n'avaient pas peur contrairement à elle.

Ils montèrent dans le train et s'installèrent face à face, Gabriel et Victoria d'un côté et les tourtereaux de l'autre. Après le repas, Annabelle s'endormit rapidement malgré les chamailleries incessantes entre Gabriel et Victoria. Elle ne comprit pas très bien leur histoire passée mais ils avaient l'air encore très attachés.

Elle se réveilla une heure plus tard, ils avaient déjà fait plus de la moitié du trajet. Elle eut une envie pressante et dut se rendre à l'autre bout du train… Elle remarqua qu'il n'y avait presque plus personne à bord. Elle passa le dernier wagon, qui lui, était désert, elle le traversa rapidement. Son envie pressante passée, elle se mit de l'eau sur le visage pour se rafraîchir un peu puis rebroussa chemin.

— Bonjour Anna.

Elle s'arrêta au milieu du wagon désert. C'était une voix qu'elle connaissait, elle se retourna et fut sidérée.

— Benjamin ?

Chapitre 11

C'était la dernière personne qu'elle s'attendait à voir. Que faisait-il là ? La suivait-il ? Annabelle resta sur ses gardes, elle n'avait pas envie qu'il tente quoi que ce soit... surtout qu'il avait dû la voir avec Christopher, ça l'avait peut-être rendu jaloux.

— Que fais-tu là Ben ? dit-elle calmement.

— Quelle coïncidence de te trouver là !

Il n'était pas comme d'habitude.

— Où vas-tu comme ça ? dit-elle en serrant le dossier d'un siège.

— Je vais là où tu vas ma jolie.

Il s'approcha. Elle recula. Une seule solution, fuir. Elle se retourna pour s'enfuir mais il fut plus rapide, en lui attrapant les cheveux elle tomba douloureusement au sol. Il la souleva en tirant sur son sweat.

— Mais arrête ! qu'est-ce qu'il te prend ?!

Elle entendit un bruit derrière elle, elle se retourna et vit Christopher taper massivement sur la porte, suivi de Gabriel et Victoria qui essayèrent de l'aider.

— Ils peuvent essayer pendant longtemps, dit-il en se moquant, je suis plutôt doué en sortilège.

— Anna ce n'est pas Benjamin…

Elle se retourna et fut pétrifiée par ce qu'elle vit. Les membres de benjamin bougèrent comme s'il était pris de tremblements intenses, tout son corps se transformait, sa tête fit plusieurs tours sur elle-même avant qu'elle s'arrête sur le visage qu'elle aurait préféré ne jamais revoir.

Raphaël.

— Mais comment nous as-tu trouvés ?

— Ton bracelet.

Elle regarda le bracelet que Benjamin lui avait offert il y a peu de temps. L'enfoiré ! Elle jeta le bracelet à ses pieds.

— Tu as pris son apparence pour que je le mette ? dit-elle abasourdie, c'est une sorte de GPS c'est ça ?

— Bingo ! dit-il tout sourire.

Elle entendit Christopher jurer. Elle le regarda, il était dans une colère noire. Ils avaient tous arrêté de pousser dans le vide. Victoria avait les yeux fermés, peut être essayait-elle de contrer le sortilège ? Si seulement elle pouvait y arriver…

— Laisse-la en dehors de tout ça…, demanda Christopher en essayant de rester calme.

— Impossible.

Il attrapa Annabelle par le cou, puis la souleva d'une seule main. Elle essaya de se dégager mais en vain, elle ne pouvait plus respirer. Elle entendit ses amis crier mais personne ne pouvait l'aider. Il allait la tuer. Aujourd'hui. Dans ce train.

Sa vision commença à faiblir, quand elle entendit une voix puissante s'élever de nulle part. Raphaël regarda tout autour de lui d'un air inquiet, la seconde d'après il déposa Annabelle contre son gré. Il essaya de serrer encore plus fort mais en vain, quelque chose le forçait à la déposer. Annabelle s'éloigna rapidement de lui.

— Quel est ce sort ?! s'écria-t-il.

Annabelle non plus ne comprenait pas ce qui venait de se passer, il essaya à nouveau de s'approcher d'elle mais se heurta à une sorte de mur invisible. Il cria de frustration et commença à parler dans la langue des sorciers, il essayait d'annuler le sort. Elle n'en avait pas pour longtemps, elle alla à la porte, Christopher était soulagé mais encore en colère.

— C'est toi qui as fait ça ? demanda-t-elle à Victoria.

— Non, je… mince Anna !

Annabelle baissa les yeux et vit une sorte de fumée noire tournoyer autour d'elle. Elle paniqua.

— Chris !

Il recommença à taper comme un bourrin sur cette fichue porte. La fumée monta jusqu'à son visage puis plus rien. Elle disparut du train sous les yeux ébahis de tout le monde.

•

Annabelle se réveilla, à sa grande surprise, sans aucune blessure. Elle se sentait même plutôt bien. Elle regarda autour d'elle et ne vit que de la forêt. Le ciel commençait à s'assombrir.

— Il ne faut pas que je reste ici.

Elle décida de prendre la direction la plus éclairée, elle fit bien car au bout elle aperçut une tour d'un ancien château. Elle sourit quand, en s'approchant, elle vit un panneau indiquant que c'était le château de l'île de Donan.

— Qui a dit que les femmes sont nulles en orientation ? pff.

Elle traversa un pont de pierre pour enfin arriver devant la grande porte en bois du château. Elle avança prudemment sa main vers la poignée quand la porte s'ouvrit d'elle-même.

— Juste un courant d'air…, se rassura-t-elle.

Elle entra lentement dans le château. La pièce centrale était gigantesque, il y avait de grands tableaux partout, des portraits d'hommes écossais. Un tapis tartan bordait toute la pièce. Elle s'avança encore quand elle entendit une voix s'élever.

— Je t'attendais ma chère Annabelle.

C'était la même voix que dans le train. Avec les échos, difficile à dire si c'était une femme ou un homme.

— Qui êtes-vous ? Est-ce vous qui m'avez sauvée dans le train ?

— Oui. Le temps presse je sens deux chasseurs à tes trousses.

— Christopher est de mon côté, il ne me fera pas de mal, par contre Raphaël...

Elle se remémora la douleur qu'il lui avait fait subir, instinctivement elle se toucha le cou. Quand elle leva les yeux elle vit une silhouette approcher, la pièce était trop sombre pour voir correctement. Comme si elle avait été entendue, les bougies accrochées au mur s'allumèrent. Elle voyait parfaitement maintenant. C'était une femme magnifique, presque divine. Elle avait de la lumière partout autour d'elle, ses pieds ne touchaient pas le sol. Elle portait une longue robe rouge qui semblait venir d'un autre temps, ses cheveux étaient d'un roux flamboyant. Annabelle remarqua que son visage montrait une extrême fatigue.

— Vous allez bien ?

— Je suis morte depuis bien longtemps, dit-elle en souriant de sa naïveté, il y a bien longtemps que je n'ai plus utilisé mes pouvoirs… cela m'a totalement épuisée, je n'en ai plus pour longtemps.

Annabelle se sentit coupable, cette femme s'était sacrifiée pour elle. Pourquoi ?

— As-tu déjà entendu parler de mon histoire ?

— Vous êtes Diane ? Je suis à la recherche de votre dague.

— Oui je suis celle qui a défié la nature, dit-elle avec fierté, je dois te prévenir que tu t'engages dans un chemin très dangereux, tu risques de t'y perdre...

— Pourquoi ?

— Tes pouvoirs seront extrêmement puissants, il est d'une grande importance que tu restes dans le droit chemin.

Le droit chemin ? Pourquoi voudrait-elle faire le mal... ? Annabelle acquiesça sans vraiment comprendre. Diane sortit de nulle part une dague majestueuse, elle la tendit à Annabelle qui la prit avec prudence. Elle mesurait environ 20 cm, le manche était en bronze argenté, il représentait une femme de petite vertu qui écrasait de son pied le ventre d'un homme allongé qui formait la garde. Le fourreau, quant à lui, représentait des scènes érotiques. Elle retira le fourreau et découvrit une magnifique lame en acier, elle pouvait s'y voir parfaitement.

Annabelle avait déjà entendu parler de ce genre de dague, c'était une dague de vertu XIXème, appelée communément "pique-couilles"... Cet objet était assez prisé des prostituées, elle servait à se défendre contre les clients brutaux. Annabelle se félicita intérieurement d'avoir regardé en entier un reportage, certes long, mais instructif qui parlait de ce genre d'objet. Elle se demanda si Diane était une prostituée avant, mais elle ne voulait pas paraître grossière.

— Oui j'étais un jour une prostituée, elle est le témoignage d'une époque maintenant révolue...

— Désolée je…

Diane lui fit le geste de se taire.

— Quelqu'un arrive.

— Seul ?

Si c'était Raphael elle était dans un sacré pétrin.

— Je sens un chasseur, il arrive très rapidement.

Annabelle commença à paniquer, elle n'avait pas beaucoup d'options. Diane était trop faible pour la protéger, il fallait qu'elle se débrouille seule. Elle regarda Diane puis la dague. Il fallait qu'elle se tue, maintenant ! Elle dirigea la dague vers son ventre, elle était tremblante de peur. Elle n'y arriverait jamais… Elle prit une grande respiration puis éloigna ses mains pour prendre de l'élan, elle avança rapidement la dague vers son ventre.

Elle lâcha la dague qui atterrit bruyamment au sol.

— Je ne peux pas…, conclut-elle.

— J'ai aussi eu du mal Annabelle…, commença Diane, se donner la mort sans savoir si ça va réellement fonctionner est très difficile mais tu vas réussir, tu es une personne forte.

Annabelle avait les larmes aux yeux, elle ne s'était jamais sentie aussi faible qu'à ce moment-là. Elle essuya ses larmes rapidement et se baissa pour ramasser la dague et la ranger dans son fourreau quand elle entendit un bruit derrière elle. Elle se tourna et vu qu'il était trop tard.

Raphaël était là.

— Tiens, tiens... Qui voilà là ? Deux sales hybrides qui ne vont pas tarder à mourir !

Discrètement Diane prit la dague des mains d'Annabelle qu'elle gardait dans son dos pour la lui cacher dans le pantalon, elle lui mit son sweat par-dessus.

— Ne la perds surtout pas, chuchota Diane à son oreille, j'ai mis un sort de protection, seule toi peux la voir tant que tu ne la touches pas de tes mains.

Raphaël s'approcha.

— Vous faites des messes basses ? dit-il mi-amusé mi-énervé.

Diane se mit devant Annabelle.

— Crois-tu vraiment que tu peux la protéger de moi… ?

— Annabelle, cours !

Son ordre résonna dans tout le château. Annabelle ne se fit pas prier, elle courut le plus vite possible au plus loin de Raphaël. Elle quitta le hall pour se diriger vers ce qui ressemblait à une ancienne cuisine. Elle essaya de trouver une cachette, mais à part sous la grande table du milieu, elle ne trouva rien d'autre qui soit à sa taille… Pour une fois qu'elle voulait être plus petite qu'elle ne l'était déjà… !

— Réfléchis, réfléchis, réflé…

Elle regarda partout et distingua une échappatoire, une porte qui se fondait dans le décor de pierre, au fond de la pièce. Elle sursauta quand elle entendit un vacarme en direction du hall.

— Diane…

Elle se sentit coupable de l'avoir laissée seule… mais sans pouvoir, elle aurait été inutile. Il fallait qu'elle gagne du temps jusqu'à l'arrivée de ses amis… Elle prit la direction de la porte du fond.

— Allez, ouvre-toi… grogna-t-elle en faisant un effort surhumain.

Cette porte n'avait pas dû être ouverte depuis longtemps. Au bout d'un temps qui lui paraissait être une éternité la porte s'ouvrit, elle se retrouva dans un nuage de poussière monumentale. Elle mit rapidement son sweat sur son nez pour se protéger puis elle s'éloigna du nuage pour se retrouver devant un escalier colimaçon en pierre. Elle se décala pour regarder dans le vide du milieu.

— C'est haut…, dit-elle en enlevant son sweat de son visage.

Annabelle douta de la solidité de l'escalier, qui était cassé par endroit.

— Quand faut y aller…

Elle s'avança prudemment au début. Quand elle vit qu'il tenait sous son poids, elle se mit à accélérer. Arrivée en haut elle était à bout de souffle, elle se trouva face à une porte en bois. Elle s'éloigna le plus possible d'elle pour l'enfoncer. Elle prit une grande respiration et fonça sur la porte mais quand elle fut à un mètre d'elle, celle-ci s'ouvrit rapidement.

Elle tomba dans les bras de son chasseur.

•

— Chris !

Elle était tellement soulagée de le voir, elle passa ses bras autour de son cou pour l'étreindre fort. Christopher fut d'abord surpris puis il l'enlaça à son tour. Elle avait réagi tellement spontanément qu'elle était sûre de ses sentiments maintenant, elle était mordue... Quelle femme pouvait lui résister d'abord ? Il était tellement impressionnant, fort, irrésistible, protecteur... la liste était encore longue. Son travail ne faisait pas de lui ce qu'il était vraiment... Si elle s'en sortait en vie, elle espérait qu'il s'arrêterait de tuer. Annabelle ne put retenir ses larmes à cette pensée. Rester en vie était déjà assez compliqué, alors le faire tout arrêter pour elle... Elle ne savait même pas s'il ressentait la même chose qu'elle.

— Hé... Anna...

Christopher recula doucement pour voir Annabelle, le visage mouillé par les larmes.

— Il t'a fait du mal ? dit-il en essuyant tendrement ses larmes.

— Non...

Elle avait envie de lui avouer ses sentiments, c'était peut-être la dernière occasion qu'elle avait. Mais aucun son ne sortit de sa bouche, elle décida alors d'agir. Elle se mit sur la pointe des pieds pour s'écraser sur sa bouche. Elle le surprit encore, il l'embrassa à son tour. Tous les deux avaient la respiration haletante. Elle l'embrassait comme si c'était la dernière fois. Elle voulait savourer le plus longtemps possible son odeur épicée, ses tendres baisers… Quand il arrêta brutalement leur échange.

— Gabriel et Victoria sont arrivés, ils retiennent difficilement Raphaël.

— Vous n'êtes pas arrivés ensemble ?

— Je suis plus rapide, dit-il simplement.

— Je vais descendre les aider d'accord ? Reste ici.

— Je veux venir.

— Non.

C'était un non catégorique.

— Sois prudent, d'accord ?

En réponse elle eut un dernier baiser.

•

Elle attendit une bonne heure avant de ne plus rien entendre du raffut qu'il y avait en bas. Elle eut le temps d'étudier la chambre dans laquelle elle se trouvait : elle était simple avec un grand lit plein de poussière au coin de la pièce, une grande armoire délabrée prenait beaucoup de place et une petite table poussiéreuse accompagnée d'une chaise en bois étaient aussi dans un sale état. Elle commença à s'inquiéter, elle avait envie de descendre pour voir si ses amis étaient encore vivants, surtout si IL était encore vivant. Elle avança doucement vers la porte pour tendre l'oreille quand elle entendit quelqu'un monter. Elle se précipita dans la grande armoire pour s'y cacher.

— Annabelle, je suis là !

C'était la voix de Raphaël ! Il entra dans la chambre.

— Montre-toi ma mignonne…

Elle s'arrêta de respirer quand elle l'entendit venir vers elle. Il allait la trouver c'était sûr !

— Te voilà…

Il défonça de son poing la porte de l'armoire où se trouvait exactement Annabelle, sa main arriva tout droit sur elle sans qu'elle le vît venir.

Elle cria de toutes ses forces quand il la prit par le col pour la sortir brutalement en emportant avec elle la porte qui éclata en plusieurs morceaux. Annabelle atterrit aux pieds de Raphaël, elle avait une grosse entaille sur le front, du sang coulait jusqu'à son menton. Elle était sonnée, elle ne pouvait pas se défendre dans cet état.

— Si fragile… Je ne comprendrai jamais pourquoi Chris t'a épargnée, tu es faible, tu n'as rien de spécial.

— Parce que tu te crois exceptionnel ? répliqua-t-elle avec difficulté.

Il grogna de colère puis la souleva par les cheveux, ce qui fit crier Annabelle, pour la jeter sur le lit. Elle atterrit lourdement sur le dos, ce qui provoqua un grand nuage de poussière qui s'évapora rapidement grâce à la fenêtre ouverte.

Comment s'était-elle ouverte ? Ah oui Christopher était surement passé par là pour rentrer. Christopher... Elle ferma les yeux pour le revoir un instant avant de mourir. Elle aurait tant voulu léviter avec lui, apprendre la magie, devenir forte...

— Ils sont morts ? murmura Annabelle.

— Qui ? Tes bouffons ? J'aurais bien voulu mais on ne tue pas des sorciers aussi facilement qu'une sale humaine. Ils sont assez K.O pour que j'aie le temps de te tuer tranquillement.

Il s'approcha du lit en sifflant la même musique que la tueuse déguisée en infirmière dans Pulp Fiction de Quentin Tarantino. Ce qui la fit sourire. Pourquoi pensait-elle à ça maintenant ? Elle était surement en état de choc.

Il monta sur le lit pour la chevaucher tout en continuant de siffler, il mit ses deux mains autour de son cou pour l'étrangler.

— Je veux te voir mourir doucement...

— Espèce d'enfoiré !

Christopher était là ! Il était mal au point, il avait les vêtements déchirés avec des entailles un peu partout, sa bouche était ouverte, il avait des bleus sur les deux yeux. Le pauvre... comment faisait-il pour encore tenir debout ? Il courut à vitesse humaine droit sur Raphaël, tous les deux tombèrent au sol. Christopher était sur lui, à le rouer de coups, il était dans une colère noire. Malheureusement il était trop affaibli, Raphaël lui colla une droite qui le fit valser à plus de deux mètres.

— Espèce de lâche, s'écria Christopher à bout de souffle, tu savais que je t'aurais battu ! C'est pour ça que tu as bu cette potion pour te rendre plus fort que tu ne le seras jamais !

— Rien à faire d'être un lâche, ce n'est pas moi qui vais y laisser la vie.

Raphaël fonça vers Christopher pour le rouer de coups à son tour.

— Chris…, souffla Annabelle.

Elle se leva rapidement pour l'aider mais tomba sur ses genoux. Raphaël la regarda en souriant. Il se leva puis tira sur le manteau de Christopher pour le mettre à genoux.

— Regardez-moi ces deux tourtereaux, à genoux prêts à accueillir la mort ensemble… n'est-ce pas romantique ?

— Tu ne toucheras pas la fille.

Diane apparut devant Annabelle, elle était à bout de souffle, la lumière qui l'entourait était devenue très faible.

— Tu es encore là toi, dit-il avec mépris.

Diane ne lui répondit pas, elle commença à parler dans la langue des sorciers puis fit jaillir des éclairs tout autour d'elle, Annabelle s'éloigna par prudence. Elle vit que Raphaël était devenu tout blanc. Bien fait !

— Sale hybride ! grogna Raphaël.

Il se pencha vers Christopher pour l'envelopper de ses bras.

— Je laisse L'ordre décider de ton sort… il sera toujours pire que le mien.

Sur cette parole ils disparurent tous les deux.

— Non ! s'écria Annabelle en allant à l'endroit où ils disparurent.

Elle pleura toutes les larmes de son corps. Diane arrêta son sort pour prendre Annabelle dans ses bras.

— Tu peux encore le sauver, tu as la dague. Utilise-la au moment le plus opportun.

Annabelle continua à sangloter quand elle sentit le corps de Diane fondre, littéralement. Elle s'éloigna le plus possible quand Diane lui dit une dernière parole.

— J'ai confiance en toi ma petite fille.

Chapitre 12

Annabelle resta de longues minutes à regarder les restes de Diane. Choquée de voir quelqu'un fondre sous ses yeux, mais aussi choquée par sa déclaration. Petite fille ? Ça aurait voulu dire que Diane était son arrière, arrière, arrière… grand-mère. Combien de fois au juste ? Il fallait qu'elle se renseigne là-dessus. Elle se leva quand elle entendit des pas dans les escaliers. Gabriel et Victoria apparurent à la porte. Ils avaient quelques égratignures, sans plus. Elle leur raconta que Diane était morte pour de bon et que Raphaël ramenait Christopher à L'ordre…

— Monte sur mon dos on te ramène chez toi, décida Gabriel.

— Non ! Il faut qu'on aille le sauver !

— On ira ne t'inquiète pas, nous n'allons pas l'abandonner, mais il faut qu'on se repose tous, qu'on prépare un plan fiable. On ne peut pas y aller comme ça et puis L'ordre a des tas de personnes à juger, Christopher aura quelques jours de répit avant de l'être à son tour.

— Tu es sûr ?

— Certain.

Puis il ajouta avec un petit sourire moqueur.

— Tu as déjà vu des humains être jugés dans l'heure qui suit leur arrestation ?

— C'est vrai.

Il avait raison, ils n'avaient aucun plan et étaient tous épuisés. Une question surgit dans sa tête.

— Pourquoi tu ne t'enfuis pas ? Christopher n'est plus là…

— Je suis beaucoup trop impliqué pour partir. Raphaël va rapporter à L'ordre qu'on n'a aidé un hybride. Ça ne sert à rien de fuir et puis je ne vais pas te laisser seule, Anna…

— Merci.

Elle monta sur le dos de Gabriel puis ils partirent tous les trois rapidement.

∙

Annabelle se réveilla doucement, elle vit Victoria à son chevet. Elle regarda autour et vit qu'elle était dans sa chambre.

— Tu vas mieux la crevette ?

La crevette ?! Annabelle se regarda, c'était vrai qu'elle avait maigri… avec tout ce qu'il lui était arrivé, c'était normal !

— Tu m'as soignée ? Je n'ai plus mal nulle part.

— Oui tu es totalement remise.

— Ça fait combien d'heures que je dors ?

Victoria mit un certain temps pour répondre.

— Ça fait deux jours que tu dors, la magie t'a complètement régénérée, tu n'auras pas besoin de manger pendant au moins trois jours ! dit-elle pour la rassurer.

— DEUX JOURS ?! Dis-moi que c'est une blague… Christopher a besoin de nous !

Annabelle se leva d'un bond. Elle constata qu'elle était toute nue, elle alla rapidement s'habiller. Elle mit les premiers sous-vêtements qu'elle trouva puis mit un jean bleu foncé avec un débardeur noir. Elle attacha ses cheveux puis se retourna vers Victoria.

— Vous avez trouvé un plan j'espère ?

— Oui Anna, les autres nous attendent en bas.

Les autres ?

— Comment ça ?

Elle n'eut pas le temps de la questionner qu'elle était déjà partie. Annabelle mit ses chaussettes puis ses rangers noirs.

— Mince, la dague !

Elle regarda partout et la vit au sol près du lit, elle soupira de soulagement.

Arrivée au salon elle fut surprise de voir Lola et Andy.

— Anna !

Lola se précipita vers elle pour l'étreindre, suivie d'Andy.

— Pourquoi tu ne nous as pas demandé notre aide Anna ? On aurait pu vous aider au château…

— Je n'avais pas envie de vous ennuyer avec mes bêtises.

Pour cette remarque, Annabelle eut le droit à une vilaine tape de la part de Lola sur le bras.

— Aie ! s'écria Annabelle en se frottant le bras.

— Nous sommes tes amis Anna, commença Andy, nous sommes là pour toi.

— Merci beaucoup.

Ils s'installèrent tous autour de la table basse pour expliquer le plan à Annabelle.

Gabriel prit la parole.

— Ok, en résumé cette nuit on s'infiltre dans leur château en passant par les égouts.

Lola tira la gueule en regardant ses beaux talons hauts mais Gabriel l'ignora.

— Puis à l'aide de la magie on détruit le mur qui mène tout droit au cachot où sont enfermés les prisonniers. Après avoir détruit le mur nous n'aurons que quelques minutes pour le libérer avant que les gardes arrivent.

La sonnette retentit.

— Vous avez invité quelqu'un d'autre ? s'interrogea Annabelle.

— Non, répondit Gabriel, reste là, je vais ouvrir.

Annabelle obtempéra. Quand la porte s'ouvrit, elle reconnut tout de suite la voix de son voisin. Patrick. Ce n'était pas le bon moment, il fallait qu'elle se débarrasse de lui rapidement.

Elle avança vers la porte.

— Patrick ! exagéra-t-elle, je suis désolée mais je n'ai pas le temps…

— Je sais pour Christopher, je suis venu aider.

Annabelle en resta bouche bée, comment le savait-il ? L'espionnait-il ?

— Christopher est mon ami, j'ai pu communiquer brièvement avec lui hier soir.

— Il va bien ?!

— Pour l'instant... ils vont le juger ce soir.

— Mon Dieu... il faut qu'on se dépêche !

Elle le laissa entrer puis Gabriel lui expliqua le plan de ce soir.

•

— Ça pue !

— Arrête Lola ! Tu vas nous faire repérer...

Ça faisait près d'une demi-heure qu'ils marchaient dans les égouts. L'odeur était insupportable, les murs étaient remplis de bestioles qu'elle ne connaissait pas, sans parler des rats qui essayaient de les mordre de temps en temps ... heureusement qu'elle avait ses rangers. Annabelle soupira, elle espérait tellement que Christopher soit encore en vie pour qu'il la prenne dans ses bras, lui donne un baiser ou encore pour qu'il lui fasse l'amour... Annabelle retint ses larmes, il fallait qu'elle soit forte, cette fois-ci c'était à elle de l'aider.

Elle n'avait pas parlé de la dague à ses amis, de peur qu'ils ne l'en dissuadent. Si elle devait s'en servir, elle se promit de ne pas hésiter. La vie de ses amis et de son chasseur était en jeu.

— On y est, annonça Gabriel.

Annabelle était tellement perdue dans ses pensées qu'elle n'avait même pas vu le mur qui leur fit face. Il était en pierre avec des formes géométriques dessinées de toute part.

— C'est quoi ces formes ? demanda Annabelle.

— Le mur est protégé par un sortilège, déclara Patrick en s'approchant du mur pour mieux l'analyser.

Un sort de protection ? Annabelle pria pour qu'il soit destructible...

— Victoria ? appela Gabriel.

— Sans problème, Gab.

Victoria s'approcha du mur puis commença des incantations. Ses cheveux se mirent à virevolter dans les airs, sa longue robe violette tournoya, comme portée par le vent. Ses mains touchèrent le mur et une lumière, qui éblouit tout le monde, surgit. Après quelques secondes aveugle, Annabelle constata doucement que le mur n'était plus là.

Elle avait réussi !

— Vic !

Gabriel courut vers Victoria qui s'était effondrée de fatigue.

— Ça va aller…

— Non ! Tu es totalement épuisée, constata Gabriel.

— Je peux l'aider, j'ai appris il y a longtemps un sort de soin efficace, déclara Lola.

Elle s'accroupit à côté de Victoria puis elle posa sa main gauche au-dessus de sa poitrine puis une autre sur son ventre. Une lumière jaune surgit : en moins d'une minute elle fut guérie, sous les yeux ébahis d'Annabelle qui n'aurait jamais imaginé Lola capable de faire ça.

— Merci, déclara Victoria en se relevant.

— Pour une jolie rousse comme toi, dit Lola avec un clin d'œil, je ferais n'importe quoi.

Victoria rougit de surprise. Andy leva les yeux au ciel. Patrick toussa. Gabriel regarda Lola d'un mauvais œil. La situation était plutôt comique mais Christopher était toujours enfermé ! Ce n'était pas le bon moment.

— Allez, on y va ! conclut Annabelle.

Ils marchèrent encore quelques minutes pour enfin arriver au cachot. Patrick réduisit sans problème les barreaux du cachot en cendres. Il y avait quelques prisonniers, tous étaient attachés par une chaîne qui reliait le mur à leur pied. Annabelle se demanda même s'ils étaient encore en vie. Elle chercha du regard son chasseur mais il était introuvable.

— Il n'est pas là ! dit-elle en essayant de ne pas crier.

— Attends.

Patrick se rapprocha de chaque prisonnier pour en être sûr.

— Donc nous sommes venus pour rien ? commença Lola.

Annabelle était au bord de la crise de nerf. Lola ne faisait pas beaucoup d'efforts, contrairement à Andy qui n'aimait pas non plus Christopher. Mais qui lui au moins ne faisait pas de commentaires désagréables à tout bout de champ.

— Je sais que tu ne le portes pas dans ton cœur Lola, mais fais un effort pour moi bordel ! Je l'aime !

Tout le monde regarda Annabelle suite à sa déclaration. Patrick avec plus d'insistance que les autres…

— On va le retrouver Anna, affirma Andy.

Il donna un coup d'épaule à Lola pour qu'elle parle, elle aussi.

— Oui, on le retrouvera.

— Merci.

— Ce n'est pas tout mais avons-nous un plan B ? demanda Patrick, impatient.

Tout à coup les barreaux que Patrick, avait réduit en cendres se reformèrent rapidement.

— Qui a fait ça ? demanda Annabelle.

— Moi.

Sorti de l'ombre, de l'autre côté des barreaux, un homme. Il était grand avec la peau foncée, il avait de beaux yeux gris. Il n'avait pas de cheveux, juste un grand tatouage sur le crâne. Annabelle crut voir le dessin d'un dragon. Il avança encore et Annabelle put voir qu'il portait un long manteau blanc orné de pierres précieuses, une chemise noir fermée jusqu'au col, un pantalon rouge sang et des mocassins noirs qui paraissaient venir d'un autre temps. Il était impressionnant. Elle regarda ses amis qui ne bougeaient plus non plus. Il s'approcha encore. Elle put voir ses mains remplies de bagues en argent.

— C'est donc toi l'hybride qui défies nos lois.

Ce n'était pas une question, juste une constatation. Il la regarda un long moment, Annabelle perdit patience.

— Où... est Christopher ? réussit-elle à dire.

— Ce chasseur nous a trahis, il mérite la peine de mort.

— Il a juste l'esprit plus ouvert que vous ! Les hybrides ne méritent pas de mourir aussi cruellement !

Tous la regardèrent interloqués par son franc-parler. Annabelle pensa de toute façon qu'elle allait mourir, pourquoi se priver de lui rabattre son caquet ?

Elle regretta ses paroles quand elle vit ses yeux gris devenir noirs. Il s'approcha encore un peu plus, jusqu'aux barreaux, pour la regarder de plus près, Annabelle émit un mouvement de recul puis il se mit à rire. Annabelle fut soulagée quand elle vit ses yeux revenir à la normale.

— Je te réserve une belle surprise l'hybride, dit-il en souriant de toute ses dents.

— Je m'appelle Annabelle.

— Et vous autres subirez les conséquences de vos actes, dit-il avant de se retourner et d'ajouter sur un ton moqueur : à tout à l'heure !

•

Plus personne ne parlait. Après la sortie fracassante du chef de L'ordre, ils étaient tous dépités. Patrick expliqua à Annabelle, après de longues heures à attendre dans ce maudis cachot, qui était cet homme.

— Brock fait partie des rares sorciers à pouvoir se régénérer continuellement.

— En gros, il est immortel ?

— Pas vraiment il peut mourir comme n'importe quel sorcier mais il faut y aller…

— D'accord.

Annabelle se sentait tellement mal, ses amis allaient mourir par sa faute… Il fallait qu'elle agisse le moment venu. Elle sortit de ses pensées brutalement quand les gardes arrivèrent.

— Allez les traîtres, c'est l'heure du jugement ! s'écria un garde en riant avec un autre.

Ils les sortirent un par un en leur mettant des menottes ensorcelées, qui s'illuminaient en violet. Annabelle, quant à elle, eut le droit à de simples menottes. Les gardes se moquèrent d'elle en disent qu'elle ne pourrait jamais leur faire le moindre mal.

— Même pas un bleu !

— Même pas un pincement !

— Même pas une chatouille !

— Pauvre humaine ! Elle ne saurait même pas enlever ces pauvres menottes…

—Vous ne ressentez pas mon aura ? rétorqua Annabelle.

— Tu es qu'une petite fille égarée qui ne sait rien de la magie !

Annabelle essaya de garder son calme, c'était le moment d'être stratège. Heureusement qu'elle avait les menottes devant et non pas derrière. Si elle voulait se planter la dague, ce serait plus pratique.

Ils marchèrent tous en ligne à travers les longs couloirs du château. Tout était de pierre. Il y avait des torches accrochées aux murs et de la boue sous leurs chaussures. Comment pouvaient-ils vivre dans ces conditions ? Ils n'étaient plus au moyen âge...

Ils arrivèrent dans une grande cour intérieure. Il y avait quatre tours à chaque extrémités, séparées par des courtines. Elle était éclairée par des sortes de boules d'énergies qui flottaient un peu partout. A sa droite sur une sorte de scène en bois, Brock était accompagné de plusieurs personnes. Il était sur un trône argenté peu commun qui interpela Annabelle. Le trône avait des ailes noires ! Oui, des ailes ! Elles bougeaient doucement derrière Brock.

Ils arrivèrent au milieu de la cour. Les gardes alignèrent tout le monde sauf Annabelle. Un garde la poussa brutalement, elle atterrit dans la boue sur les genoux. Elle regarda ses amis qui étaient deux mètres derrière elle. Ils étaient tous en colère. Mais… il manquait quelqu'un ! Mais où était Patrick ?!

— Tu cherches Franck ?

— Franck ? Vous voulez dire Patrick ? Que lui avez-vous fait ? Il n'a rien à voir dans cette histoire !

Brock se mit à ricaner, puis toute la cour le suivit. Annabelle regarda sur les côtés. Dans l'ombre il y avait des spectateurs… Il s'arrêta d'un seul coup puis tout le monde se tut.

— Il a tout à y voir bien au contraire, dit-il avec le plus grand sérieux.

— Comment… comment ça ?

Annabelle était totalement perdue.

— Amenez le traître !

Sa voix résonnait comme le tonnerre.

Patrick fut ramené par les gardes, il était en sang ! Mais comment avaient-ils pu le mettre dans cet état aussi rapidement ?! Pauvre Patrick, elle n'aurait jamais dû accepter qu'il vienne... Il leva la tête vers Annabelle et sans parler il articula : Désolé.

Annabelle ne savait pas quoi en penser. Pourquoi était-il désolé ?

— Franck... Pourquoi un vieillard ? Toi qui es immortel... drôle de choix.

Immortel ?! Patrick... euh Franck était immortel ?! Annabelle ne comprenait plus rien. Brock fit un simple geste de la main en direction de Franck. Il se transforma alors comme Raphaël dans le train. Patrick n'était plus là. A la place se trouvait un homme d'une cinquantaine d'années pas plus, il était brun, plutôt bel homme. C'était le vrai Franck ? Pourquoi se cachait-il derrière une autre enveloppe charnelle ? Il avait l'air si triste à ce moment-là...

— Franck, où sont passées tes bonnes manières ?

Franck baissa la tête. Brock qui perdait patience fit claquer sa langue.

— Il faut tout faire à ta place... Annabelle, dis bonjour à ton père.

Chapitre 13

On sonna à la porte. Annabelle se précipita pour ouvrir. C'était Patrick.

— Merci d'être venu aussi vite.

— Pas de problème Anna, dis-moi ce qui te tracasse.

Ils s'assirent côte à côte sur son canapé.

— Je vois ma mère se rapprocher de plus en plus du Docteur Fritz… Hier soir elle l'a invité à dîner, je ne sais pas trop quoi en penser. Elle a l'air heureuse avec lui mais je lui en veux intérieurement de trahir mon père.

Annabelle sanglota.

—C'est ridicule je sais, il n'est plus là…

— Ce n'est pas ridicule… c'est le sentiment normal d'un enfant qui voudrait que ses parents soient à nouveau réunis.

— Tu crois ?

— J'en suis sûr, Anna.

— J'aurais tellement voulu le connaître… qu'il soit fier de moi.

Annabelle sanglota de plus belle, Patrick la prit contre lui pour la réconforter.

— Il aurait été très fier de toi... Crois-moi.

•

Annabelle, perdue dans ses pensées, se remémora les moments passés avec le soi-disant Patrick qui était en réalité son père. Elle qui voulait voir son père depuis si longtemps... elle l'avait juste sous le nez. Mais comment ne s'en était-elle jamais rendu compte ? Elle était en colère contre elle et contre lui. Même si au fond cette vérité lui plaisait, il lui avait quand même menti pendant longtemps...

Franck redressa enfin la tête. Des larmes coulaient sur ses joues.

— Je suis désolé ma fille de t'avoir menti… L'ordre était à mes trousses, s'ils avaient découvert ton existence, nous serions tous les deux morts depuis longtemps.

— C'est bien dommage parce que vous allez quand même mourir tous les deux ! répliqua Brock. Tu as trahi ta vraie famille, Le haut conseil, pour une humaine !

Franck regarda Brock avec mépris.

— Tue-moi mais laisse-la en vie !

— J'ai peut-être une idée ! annonça Brock.

Il avait l'air de s'amuser… quel sadique !

— Amenez le chasseur !

Christopher ! Il était tenu par deux gardes qui le jetèrent violemment dans la boue. Il était dans un sale état, son visage et son torse nu étaient ensanglantés... Annabelle constata la mise en scène de Brock : elle était au milieu, son père était sur sa gauche et Christopher sur sa droite. Ils étaient trop loin d'elle pour qu'elle agisse mais assez près pour les voir souffrir. Elle comprit que les choses sérieuses allaient commencer.

— Chris !

Il ne répondit pas, il ne la regarda même pas. Que lui avaient-ils fait ? Etait-ce une stratégie de sa part ? Elle espérait tellement qu'il s'agissait de ça...

— Annabelle, pourquoi tiens-tu tellement à ce chasseur ? Savais-tu qu'il connaissait la réelle identité de Patrick ?

Annabelle regarda Christopher qui se redressait sur ses genoux pour la regarder. Il avait le regard vide. Il savait pour son père ? Mais à quoi jouait-il ?! Bon… il fallait qu'elle reste calme et ne surtout pas entrer dans le jeu de Brock. Elle ne répondit pas à sa provocation.

— Par qui veux-tu que je commence ?

— Commencer quoi ?

— Tu ne réponds pas à ma question, jeune fille.

Annabelle garda le silence.

— Très bien.

Il fit signe à l'un des gardes à coté de Christopher. Le garde s'avança puis sortit de nul part un long fouet lumineux qui ressemblait à un sabre laser mou. Le garde prit de l'élan avec son bras puis le fouet s'abattit sur le dos nu de Christopher. Il se retint de ne pas hurler. Mais Annabelle, elle, ne le pouvait pas.

— Arrêtez ça ! S'il vous plait ! dit-elle en joignant ses mains sur sa bouche.

Un deuxième coup de fouet s'abattit sur lui.

— Non Christopher ! sanglota-t-elle.

— Vas-tu coopérer maintenant ?

— Oui mais s'il vous plait, arrêtez ça...

Brock fit un signe de tête au garde pour qu'il s'arrête.

— Epargnez tout le monde, ne prenez que moi ! JE VOUS EN PRIE !

Annabelle sanglotait à flot. Elle ne pouvait supporter d'en voir plus… Christopher la regarda énervé, apparemment ce ne fut pas la phrase à dire. Il préfèrerait qu'elle le laisse mourir sans rien faire ? S'il voulait se sacrifier, elle aussi y comptait bien ! Elle regarda Franck qui était aussi en colère que Christopher…

— Brock c'est moi qui ai fauté. Rien ne serait arrivé sans moi, déclara Franck.

— Ce n'est pas faux.

Brock fit signe aux gardes derrière Franck. Cette fois-ci, ils s'étaient mis à quatre pour le fouetter.

— Non… s'il vous plait, implora-t-elle.

— J'aime quand tu me supplies !

D'autres coups de fouets retentirent.

— S'il vous plait !

Ils continuèrent.

— S'IL VOUS PLAIT !

Il fit signe aux gardes d'arrêter.

— Voilà qui est mieux.

— Vous êtes un sadique !

— Comment osez-vous lui parler comme ça ?!

C'était l'homme à la droite de Brock qui venait de parler. Il avait les cheveux blonds et les yeux d'un bleu perçant.

— Ce n'est rien, Scar.

— Elle vous manque de respect !

— Laisse-moi faire.

Scar se tut mais regarda Annabelle avec une envie de meurtre.

— Ma chère Annabelle, il est clair que tu vas mourir mais ma question est la suivante : Qui vas-tu emmener avec toi dans la mort ? Je laisserai juste un des deux en vie, à toi de choisir.

Choisir qui allait vivre ou mourir ?! C'était un ultimatum impossible. Annabelle comprit qu'elle n'avait plus d'autre choix que d'utiliser la dague.

« Tu peux le faire Anna. »

C'était la voix de Diane. Est-ce un mirage ou vraiment elle ? Peu importe. Ça lui donna la force nécessaire pour le faire. Elle prit la dague et l'éloigna d'elle pour prendre un élan. Christopher comprit ce qu'elle s'apprêtait à faire.

— Non Anna !

Elle ne l'écouta pas. Elle sentit une vive douleur quand la dague lui transperça le corps. Elle ne pouvait plus bouger, du sang s'écoula de sa bouche. Elle entendit vaguement ses amis crier de surprise. Elle regarda son chasseur, peut-être pour la dernière fois, il était en larmes. Christopher en larmes… jamais elle n'aurait cru voir ça. Sa vision commença à s'assombrir, puis elle tomba sur le côté.

Morte.

•

— ANNNA !!! hurla Christopher.

Tous ses amis étaient en larmes. Franck avait la tête baissée mais par ses tremblements il était facile de deviner qu'il pleurait aussi.

— Elle vient de nous faciliter la tâche ! s'exclama Scar.

Mais Brock ne souriait pas, lui.

— Comment avez-vous pu la laisser prendre une arme avec elle ?!

Sa voix résonnait dans toute la cour. Tous les gardes baissèrent la tête.

— Bande d'incapables !

— Mais Brock...

— Ferme-la Scar !

Brock regardait le cadavre d'Annabelle quand tout à coup la foudre sortit du ciel pour s'écraser tout droit sur Annabelle. Plus personne ne bougeait.

Son corps s'éleva dans les airs pour planer cinq mètres au-dessus du sol. La foudre s'arrêta pour laisser place à une lumière qui émanait de l'intérieur de son corps. Ce dernier propulsa de sa bouche cette lumière puis il redescendit doucement sur la terre ferme.

Annabelle se réveilla doucement. Elle comprit qu'elle avait réussi. Elle entendit ses amis crier son prénom quand elle se redressa, elle comprit rapidement pourquoi. Scar était en train de s'approcher d'elle, surement pour la tuer à en juger par la façon dont il la regardait. Elle se leva rapidement pour lui faire face.

« Laisse-moi faire Anna. »

Annabelle lança une énorme boule de feu, qui propulsa Scar aux pieds de Brock. Comment avait-elle fait ça ? C'était comme si Diane avait pris possession de son corps pendant quelques secondes. Ses yeux devinrent noirs… D'un geste de la main, elle enleva les menottes des mains de ses proches. Elle avança droit vers Brock, qui avait les yeux grands ouverts. Mais Scar se releva pour lui jeter une boule d'énergie qu'elle esquiva avec une grande facilité. C'était comme si elle pouvait voir au ralenti. Pratique. Elle avança vers Scar dans le but d'en finir avec ce misérable. Elle le souleva, simplement par la pensée, puis elle frotta ses mains, pour créer deux boules d'énergie qu'elle jeta sur Scar… elle en lança une troisième, une quatrième, une cinq… une main vint se poser sur son épaule.

— Il n'en vaut pas la peine Anna…

C'était Christopher qui essayait de la calmer mais elle ne pouvait plus s'arrêter.

— Tu peux te contrôler, tu es forte mon amour…

« Diane je ne veux pas devenir une meurtrière. »

« Si tu as besoin de moi je serai toujours là pour toi Anna. »

Annabelle s'arrêta, Scar retomba brutalement au sol, il était encore en vie. Ses yeux redevinrent noisette. Elle se tourna pour sauter au cou de Christopher.

— Mon amour…, dit-il tendrement.

Après leur étreinte, Annabelle regarda Brock qui était resté bien assis sur son trône.

— Tu te crois forte ? déclara froidement Brock.

Il se leva de son trône.

— Nous allons voir ça.

D'un geste de la main, il envoya tous ses proches dans une cage aux barreaux électriques.

— Anna, sauve-toi ! s'écria Franck.

Annabelle refusa. Ses yeux noirs réapparurent. Elle ne se contrôlait plus. Elle s'élança dans les airs pour atterrir sur Brock qui esquiva juste à temps. Il ne lui laissa pas le temps de se relever qu'il la souleva par la pensée et la jeta violemment au sol.

— A moi ! s'écria Brock.

Les ailes accrochées au trône se décollèrent pour venir s'encastrer sur son dos. Il fonça sur Annabelle, il lui prit le pied et fonça droit vers le ciel. Annabelle hurla en voyant le sol de plus en plus s'éloigner.

— Stop !

Elle se sentit de plus en plus mal, elle avait une peur bleue du vide… Elle vit le château s'éloigner… puis la ville…

— Stop !

Elle l'entendit rire. Il fallait qu'elle fasse quelque chose. Elle ferma les yeux, il valait mieux ne plus regarder en bas. Annabelle se mit à frotter ses mains de toutes ses forces. Elle voulait faire une très grosse boule d'énergie, pria intérieurement pour que ça marche, puis écarta les mains. Une boule deux fois plus grosse que celle d'avant s'était formée. Elle la jeta sur Brock. Il fut frappé de plein fouet ! Malheureusement il la lâcha.

— Merde !

Annabelle fonça droit sur la terre. Il fallait qu'elle vole.

— Diane ! Aide-moi !

« Tu peux voler Anna, concentre-toi ! »

Annabelle ferma les yeux, elle se redressa pour avoir les pieds en bas.

Il restait cinquante mètres, trente, dix, neuf, huit...

— Anna ! s'écrièrent ses proches.

— Je peux le faire !

Sur cette parole elle s'arrêta à un mètre du sol. Elle rouvrit les yeux, tout le monde était stupéfait. Elle sourit à ses amis puis regarda dans le ciel avec détermination. Sans hésiter elle fonça droit sur Brock. Il était encore dans les airs en train de récupérer de la boule d'énergie. Elle arriva à deux mètres de lui. Il était sonné, elle s'approcha pour lui jeter une autre boule mais il esquiva.

— Tu ne m'auras pas aussi facilement ! s'écria-t-il.

Il lui lança un éclair qu'elle reçut sur le bras.

— Merde, ça fait un mal de chien !

Il se mit à rire puis il lui lança un, deux, trois éclairs qu'elle esquiva de justesse. Sans qu'elle ne le voir venir il lui décolla son poing, maintenant de feu, dans le ventre. Annabelle ne pouvait plus respirer. Elle était en chute libre. Quand elle aperçut le lever du soleil, elle craqua et les larmes coulèrent. Il fallait qu'elle soit plus forte que ça. Si elle mourait maintenant, les hybrides ne vivraient jamais en paix. Il fallait qu'elle arrête ce massacre ! Elle se mit à planer puis regarda le soleil. C'était comme si elle se nourrissait de sa lumière. Ses blessures disparurent. Elle regarda Brock qui était aussi stupéfait qu'elle. Elle se frotta vite les mains pendant que Brock préparait un éclair. Il le jeta avant elle mais Annabelle eut la bonne idée de se protéger avec sa boule d'énergie. L'éclair pénétra à l'intérieur. La boule grossit de plus en plus jusqu'à qu'elle ne puisse plus la gérer. Elle la jeta droit sur Brock. Il voulut l'esquiver mais impossible. Annabelle le regarda faire plusieurs tours sur lui-même avant de s'arrêter, il était en sang.

Elle s'approcha à un mètre de lui.

— Allez-vous laisser les hybrides vivre en paix ? Oui ou non ?

Son silence lui fit perdre patience. Elle prépara une nouvelle boule d'énergie.

— D'accord, d'accord…, réussit-il à dire en signe de capitulation.

— Au lieu de les éliminer, utilisez vos chasseurs pour les recruter ! S'ils veulent rester humains, effacez-leur la mémoire !

Il était en pleine réflexion.

— D'accord mais c'est toi et ta petite bande qui vous occuperez de ça et si j'entends qu'il y a un seul problème, vous le paierez.

Il était d'accord, menaçant mais d'accord ! Elle allait pouvoir aider les hybrides et surtout rester en vie !

•

Brock conclut un pacte magique avec Annabelle devant tout le monde. Elle et ses amis s'éclipsèrent peu après. En marchant vers la sortie Annabelle raconta ses exploits contre Brock.

Brock. Elle expliqua que le soleil l'avait aidée à se régénérer. Annabelle demanda à Franck comment c'était possible.

—Ton ancêtre était Diane.

— Diane ?!

— Oui.

Donc c'était vrai. Diane était vraiment son ancêtre ! Grace au soleil, elle avait pu se régénérer pendant très longtemps… Quand elle y pensait Christopher aussi pouvait se régénérer ! Ça c'était une excellente nouvelle. Elle imaginait une vie longue et heureuse avec lui… Mais pour l'instant, il lui avait quand même caché qu'il connaissait son père ! Elle allait lui faire payer son mensonge… Mais pour le moment, elle n'avait qu'une envie :

c'était de rentrer chez elle et quitter cet abominable château.

•

Deux jours plus tard.

Annabelle et Franck eurent une longue discussion en voiture. Elle voulait tout savoir de son père et de ses secrets.

— Comment as-tu rencontré Christopher ?

— C'est toi qui me l'as présenté lors d'un dîner chez toi !

— Ah bon ?! Il faut vraiment que je récupère la mémoire. Tu savais que c'était un chasseur ?

— Oui, quand je suis parti, je l'ai attendu et il m'a rejoint peu de temps après de l'autre côté de la rue. Il m'a assuré qu'il ne te voulait aucun mal et qu'au contraire, il voulait te protéger de Raphaël. J'ai compris qu'il était sincère à sa façon de parler de toi… Il était totalement mordu.

— Ah…

Annabelle ne voulait pas montrer que ça lui faisait énormément plaisir.

— Il n'a pas dit que j'étais ton père parce que je lui ai demandé de garder le secret, pour ta protection.

— Comment a-t-il su que tu étais mon père ?

— C'est un très bon chasseur, il a tout de suite deviné au moment où tu nous as présentés.

— D'accord.

Franck soupira.

— Tu devrais aller le voir et lui pardonner. C'est moi qui l'ai obligé à te mentir.

— On verra... Il est rentré ?

Christopher les avait laissés précipitamment, disant qu'il avait un compte à régler avec Raphaël.

— Oui, apparemment c'est réglé, il m'a dit que Raphaël reviendrait quand les poules auront des dents !

— C'est une bonne nouvelle...

Elle regarda par la fenêtre.

— On y est, papa !

Rien que de dire papa, Annabelle était comblée.

Annabelle se gara devant la maison de sa mère. Elle regarda Franck : il était tendu comme un string ! Elle aussi commençait à stresser. Elle sonna. Sa mère ouvrit assez rapidement en sautant dans les bras de sa fille.

— Mais où étais-tu ?! Bon sang, tu m'as fait une sacré peur ma fille…

— Je suis contente de te voir aussi. Promis... je ne recommencerai plus !

Elles se détachèrent quand sa mère aperçut Franck. Elle resta un bon moment sans bouger, sous le choc de revoir son âme sœur après tant d'années.

— Ma chère Angélica...

Franck avait les larmes aux yeux.

— C'est bien toi ? demanda sa mère encore sous le choc.

— Oui mon amour... c'est moi.

Angélica s'approcha doucement puis courut vers Franck, ils se firent une longue étreinte.

— Oh Franck... chuchota sa mère.

— Angélica... mon amour... pardonne-moi. Je suis libre maintenant !

Angélica pleura de joie en entendant ça.

Annabelle était tellement heureuse pour ses parents. Les voir unis lui fit chaud au cœur. Elle avait rêvé de ce moment tellement de fois qu'elle n'en revenait toujours pas.

— Je vous laisse les tourtereaux, vous devez avoir plein de choses à vous dire !

Ses parents l'enlacèrent avant qu'elle ne parte.

•

— T'es sûr que ça va marcher ?

— Oui fait-moi confiance, ce n'est pas Lola qui l'a préparée, se moqua Andy.

— Enfoiré ! s'agaça Lola.

Andy avait concocté une potion pour qu'elle retrouve la mémoire.

— Bon… cul sec hein !

L'odeur n'était pas ragoutante mais Annabelle la but toute entière. Elle avait vraiment envie de retrouver la mémoire !

— Wow ! je me sens bizarre…ça tourne…

Annabelle fut projetée dans ses souvenirs effacés : elle se vit en train de marcher avec Christopher, de manger avec lui, de rire, de l'embrasser... Elle se vit aussi collée à lui après avoir fait l'amour... Elle revint à la réalité avec un trop-plein d'émotions fortes. Elle avait un besoin irrépressible de le voir immédiatement !

— Je dois vous laisser, à plus tard !

Annabelle claqua la porte.

— A plus tard ? se moqua Lola. Tu parles ils vont coucher ensemble pendant trois jours !

•

Annabelle se rappela qu'elle ne savait pas où Christopher habitait. Elle voulut faire demi-tour quand elle aperçut la boutique de Victoria. Impossible de la louper... il y avait écrit en grand « VICTORIA » ... Elle se gara devant l'entrée puis entra précipitamment.

— Mince ! Désolée...

Annabelle détourna le regard. Victoria et Gabriel étaient en train de faire l'amour sur le bureau de l'accueil ! Ils n'avaient pas froid aux yeux. Elle leur laissa le temps de se rhabiller.

— Tu peux te retourner Anna, précisa Victoria.

— Je suis désolée... je voulais juste l'adresse de Chris...

Gabriel prit un bloc note et un stylo.

— Tiens, dit-il en lui tendant le bout de papier. Sa maison est immense tu ne pourras pas la rater.

— Merci les amis… et pour tout ce que vous avez fait aussi.

— De rien ma chérie !

Victoria lui fit un câlin.

— Tu fais partie de la famille maintenant, ajouta Gabriel. On sera toujours là pour toi Anna… même si je pense que tu peux te débrouiller seule maintenant !

Ils rirent tous ensemble avant qu'Annabelle ne s'éclipse.

— Si on reprenait là où nous nous sommes arrêtés mon ange ? suggéra Gabriel d'un air malicieux.

•

Annabelle arriva devant la maison du chasseur. Elle en resta bouche bée. La maison était au bout d'un quartier huppé. Elle était blanche, avec une allée en pierres magnifique. Des deux côtés du portail, il y avait une statue de lion. Elle se gara dans sa grande cour. Devant elle se trouvait une superbe voiture qu'elle ne se paierait jamais de la vie !

— L'enflure…

Elle sortit de sa voiture et traversa l'allée en pierres. Arrivée à sa porte, Annabelle se retint de sonner. Elle ne savait même pas quoi lui dire… et s'il la rejetait ?

— Calme-toi…

Elle commença à stresser.

La porte s'ouvrit. Elle rencontra la dernière personne qu'elle avait envie de voir. Selena. Elle regarda Annabelle méchamment puis s'en alla en quatrième vitesse. Christopher observa Annabelle d'un air sérieux.

— Qu'est-ce qu'elle foutait ici ?! s'énerva Annabelle.

Annabelle crut voir un petit sourire se dessiner sur le visage de Christopher. L'enfoiré ! Il s'en foutait de piétiner ses sentiments… Annabelle fit demi-tour mais le chasseur lui attrapa rapidement le bras.

— Entre, Anna.

— Même pas en rêve !

Christopher arrêta son suspense.

— Elle est venue pour s'excuser et aussi dire qu'elle ne t'approchera plus jamais.

— Pourquoi ce revirement ?

— Les nouvelles vont vite, elle a surement eu vent de tes exploits.

Annabelle prit un air satisfait. Cette garce ne l'ennuierait plus et il n'y avait rien entre elle et son chasseur… ouf.

— Tu entres, ma jalouse ?

— Ta quoi ? pff n'importe quoi…

Elle le bouscula un peu puis entra chez lui en croisant les bras pour augmenter l'air énervé qu'elle essayait de garder.

Il ferma la porte.

— Encore en colère ?

— Non.

Il rit.

— T'es adorable quand tu es gênée, dit-il en se rapprochant d'elle.

Elle rougit.

— Je ne suis pas gênée ! Je… je voulais te dire que j'ai retrouvé la mémoire.

— Bien.

Seulement bien ? Elle s'attendait à plus de sa part... Sans attendre, il lui prit la main pour monter à l'étage. Ils montèrent son magnifique escalier en verre pour rejoindre sa chambre. Au moins, il savait ce qu'il voulait ! Elle pénétra dans sa chambre qu'elle vit pour la première fois en plein jour. Le lit était au milieu de la pièce. Les grandes baies vitrées donnaient une vue sur son jardin et son immense piscine. Une grande télé faisait face au lit. Tous les meubles étaient ultra modernes en noir et blanc. Même les peintures accrochées étaient contemporaines. Elle se retourna et vit Christopher la contempler.

— Tu penses à quoi ? demanda timidement Annabelle.

— A toi...

Il s'approcha d'elle doucement.

— Je suis en colère contre toi, dit-il froidement.

— Pardon ? Pourquoi ?! s'étonna-t-elle.

— De ne pas me dire ce que tu ressens pour moi.

— Toi non plus tu n'as rien dit !

Il s'approcha encore. Il avait le regard dur : impossible de savoir à quoi il pensait. Il posa délicatement sa main contre sa joue.

— Empêche-moi de t'aimer une seule fois de plus et je te punirai…, murmura-t-il à son oreille.

Annabelle ferma les yeux pour mieux savourer ses paroles. Il l'aimait ! Elle respira un grand coup pour inhaler son odeur épicée qu'elle aimait tant... Il lui embrassa le cou, le mordilla puis il lui tira les cheveux pour qu'elle lui fasse face.

— Compris ?

— Oui.

Il l'embrassa à pleine bouche puis s'arrêta net. Il semblait attendre quelque chose.

— Je t'aime aussi mon chasseur...

Il ferma les yeux puis la porta jusqu'au lit pour l'allonger. Il lui enleva sa petite robe fleurie puis ses sous-vêtements et l'embrassa sur toute les parcelles de son corps, Annabelle était aux anges...

Elle le déshabilla à son tour, elle prit le temps d'embrasser chaque endroit dévêtu, ce qui rendit dingue Christopher. Il était tellement beau nu... Annabelle toucha du bout du doigt son torse musclé. Christopher la prit par les jambes pour la basculer en arrière et la pénétrer instantanément.

— Chris !

Annabelle gémit de plaisir. Ils s'embrassèrent brutalement, tous deux avaient la respiration saccadée. Leurs cœurs battaient la chamade. Christopher se fit plus lent. Il éloigna sa bouche d'Annabelle pour y rentrer son pouce. Elle se souvint qu'il aimait faire ça. Elle suça son pouce sensuellement pour le rendre fou. Elle réussit son coup ! Il se retira pour la retourner à la vitesse de l'éclair. Elle se retrouva à quatre pattes devant lui. Il ne la pénétra pas tout de suite : il frotta son membre sur son petit bouton sensible, ce qui lui donna un orgasme gigantesque... Il entra enfin en elle. Annabelle gémit de plus belle. Elle lui cria d'aller plus fort, plus loin... jusqu'à son âme qu'il avait déjà gagnée. Il gémit à son tour.

Ils étaient collés, nus, satisfaits...

— Je t'aime, Christopher Roy.

— Je t'aime aussi, Annabelle Roy...

Annabelle le regarda stupéfaite. Venait-il de la demander en mariage ?

— C'est... c'est une demande ?